박선우 장편소설

FUSION FANTASTIC STORY

기적의 환생

MIRACLE LIFE

기적의 환생 13

박선우 장편소설

초판 1쇄 찍은 날 § 2019년 5월 23일
초판 1쇄 펴낸 날 § 2019년 5월 30일

지은이 § 박선우
펴낸이 § 서경석

총괄팀장 § 노종아
편집책임 § 강민구
편집 § 김대용

펴낸곳 § 도서출판 청어람
등록번호 § 제387-1999-000006호
등록일자 § 1999. 5. 31
어람번호 § 제1-3025호

주소 § 경기도 부천시 부일로 483번길 40 서경B/D 3F (우) 14640
전화 § 032-656-4452 팩스 § 032-656-4453
http://www.chungeoram.com
E-mail § chungeorambook@daum.net

박선우 장편소설

FUSION FANTASTIC STORY

기적의
환생

MIRACLE LIFE

13

도서출판
청어람

MIRACLE LIFE

CONTENTS

제58장
마지막 승부 II

홀리오 세자르 챠베스.

슈퍼페더급을 시작으로 3체급을 석권한 절대 강자.

93승 1패 82KO승이라는 경이적인 기록과 함께 89연승의 신화를 창조한 사나이.

사람들은 그를 보고 신이 빚은 복서라 부른다.

슈퍼페더급부터 슈퍼라이트급까지 챔피언 타이틀전만 무려 31승 1패라는 경이적인 기록을 갖고 있으며, 팬케이크 스텝의 창시자이기도 했다.

절대 뒤로 물러서지 않는 인파이터로서 야금야금 적을 침몰시켜 가는 과정이 하나의 예술을 보는 것처럼 아름답다고 해서 사람들은 그를 신이 빚어낸 복서라 불렀다.

MGM 호텔 특설 링을 가득 채운 2만 5천 명의 관중이 벌떡 일어나 경의를 보이며 그를 맞이한 것은 바로 그런 이유가 있기 때문이다.

챠베스는 특유의 그 무표정으로 링에 입장했는데 멕시코 국기가 달린 머리띠를 동여맨 모습이다.

열광은 오래갔다.

신화를 창조하고 있는 챔피언에 대한 관중들의 경의는 쉬이 그치지 않았다.

하지만 그가 링에 올라온 후 반대쪽에서 웅장한 음악이 터져 나오자 일어선 관중들의 함성이 일시에 중단되었다.

드디어 지상 최강의 사나이가 거대한 문을 통해 서서히 들어오고 있었기 때문이다.

40전 40승 40KO승.

한 시대를 풍미하며 링을 휩쓴 거의 모든 강자가 그의 손에 쓰러졌다.

그에게 쓰러진 자들은 대부분 영웅이라 불렸고 복싱 역사의 한 획을 그은 선수들이었다.

마크 브릴랜드, 프레드 아두, 듀란, 헌즈, 레너드, 휘태커 등 이름만 들어도 탄성이 나올 만큼 강력한 챔피언들.

그렇기에 관중들은 함성조차 지르지 못하고 최강철이 출전하는 모습을 존경의 눈으로 바라보았다.

전적은 챠베스의 절반에도 미치지 못하지만, 그가 쌓아 올린 업적과 도전은 세계 복싱사에서 그 누구도 이루지 못한 것이었다.

참고 있던 관중들의 함성이 화산 폭발하듯 터진 것은 최강철이 링에 올라와 두 손을 번쩍 들고 특유의 당당한 모습으로 인사를 할 때였다.

*   *   *

최강철은 관중들의 환호를 들으며 링을 가볍게 돈 후 코너로 돌아왔다.

마른 모습.

무려 8㎏을 감량해서 그의 모습은 예전에 비해 상당히 말라 보였다.

그 역시 이마에 태극기를 둘렀는데 감량에 대한 여파로 인해선지 눈이 퀭하게 보일 정도였다.

"강철아, 어때?"

"괜찮습니다."

"괜찮긴 뭐가 괜찮아? 사우나장에 네 시간이나 있던 놈이.

씨발, 끝까지 말려야 했는데…….”

윤성호의 얼굴에서 어둠이 짙게 배어 나왔다.

그렇게 열심히 운동하고 음식 조절을 했음에도 끝내 체중을 맞추지 못했다. 그 바람에 어제 아무것도 먹지 못한 채 사우나장에서 네 시간이나 땀을 뺀 후 간신히 계체량을 통과할 수 있었다.

별것 아닌 것처럼 생각할 수 있으나 복서에게는 치명적이다.

시합 하루 전날 수분을 전부 빼게 되면 몸의 균형이 무너지며 컨디션이 최악으로 변하기 때문이다.

그가 계체량을 통과하기 위해 생고생을 했다는 건 모르는 사람이 없다.

적에게 나의 죽음을 알리지 말라는 이순신 장군의 말은 시대를 관통하는 명언이다.

명언은 언제나 진리를 담고 있으니 나의 비세를 적에게 노출해서 기세를 올려줄 이유가 없었다.

하지만 계체량에 실패하는 순간 그 명언은 공염불이 되었다.

“어쨌든 여기까지 왔으니 네 마음대로 싸워. 마지막이니까 전략이고 뭐고 필요 없어. 네가 하고 싶은 대로 해.”

“삐쳤어요?”

"인마, 내가 애냐?"

"삐쳤구먼요, 뭘."

"강철아, 절대 무리하지 마. 어차피 네가 무모한 도전을 했다는 건 모든 사람이 알고 있다. 그러니 힘들면 그냥 돌아서 나와. 알았지?"

"그럴게요. 그러잖아도 다리가 후들거려서 서 있지도 못하겠습니다."

윤성호의 말에 최강철이 맞장구를 쳤다.

하지만 옆에서 지켜보던 이성일은 둘이 하는 짓을 보며 혀를 끌끌 찼다.

이 시합을 위해 얼마나 고생했는데 그냥 나와?

최강철은 링에서 쓰러져 죽는 한이 있어도 절대 그냥 나올 놈이 아니었다.

                    *   *   *

"고국에 계신 국민 여러분, 드디어 최강철 선수가 링에 모습을 드러냈습니다. 태극기를 이마에 둘렀습니다. 당당한 걸음걸이로 링을 한 바퀴 돌고 있습니다. 윤 위원님, 정말 떨리는 순간입니다."

"그렇습니다. 하지만 설레기도 하고 걱정이 되기도 하는군요. 저는 지금의 이 순간을 남은 생 동안 절대 잊지 못할 것 같습니다."

"이번이 마지막 시합이란 것 때문에 수많은 국민 여러분께서 안타까워하시고 계십니다. 더 이상 그의 경기를 볼 수 없다는 것은 커다란 슬픔임에 분명합니다. 최강철 선수는 오늘 동양인 최초로 3체급 석권에 도전하고 있습니다. 정말 역사적인 순간이 아닐 수 없습니다. 대한민국의 건아로서 그동안 세계만방에 이름을 떨쳐준 최강철 선수에게 경의를 보내는 바입니다. 최강철 선수가 전 세계 복싱 팬들에게 사랑받는 건 그의 불꽃같은 인파이팅 때문이었습니다. 허리케인이란 별명답게 최강철 선수는 모든 시합에서 상대를 두려워하지 않았으며 폭풍처럼 전진을 거듭했습니다. 그랬기에 우리 모두는 최강철 선수를 사랑한 것입니다."

"맞는 말씀입니다. 더군다나 최강철 선수는 모범적인 사생활로 단 한 번도 구설에 오른 적이 없습니다. 시합을 앞두고는 혹독한 훈련을 통해 최선의 경기를 해왔기에 더욱 사랑받은 것으로 생각합니다."

이종엽의 칭찬을 윤근모가 받았다.

하지만 그들의 시선은 금방이라도 쓰러질 것처럼 바짝 마른 최강철의 모습에 가 있었다.

말하고 싶지 않았다.

체중 조절에 실패해서 겨우 2차 계체량을 통과한 최강철의 몰골은 말이 아닐 정도였다.

그의 마지막 시합. 대한민국 모든 국민이 말린 최후의 승부.

복싱을 중계하고 해설하면서 보낸 15년 동안 수없이 많은 경기를 봐왔기 때문에 지금 최강철의 상태가 어떤지 충분히 짐작할 수 있었다.

1차에 실패하면 2차 계체량을 통과하기 위해 강제로 수분을 빼내는 고통스러운 과정을 거쳐야 한다.

그런 선수가 경기에 이기는 경우를 지금까지 거의 본 적이 없었다.

그만큼 컨디션이 최악인 상태에서 링에 오르기 때문이다.

· 하지만 이종엽은 끝내 캐스터의 본분을 잊지 않고 최강철의 상태에 대해 입을 열었다.

"윤 위원님, 최강철 선수는 체중 조절에 실패하면서 컨디션이 완벽한 상태가 아니라고 알려져 있습니다. 상당히 어려운 경기가 될 것으로 판단되는데, 어떻게 생각하십니까?"

"그렇습니다. 마지막까지 노력했으나 한계 체중을 오버했습니다. 어제 2차 계체량 통과를 위해 무리했기 때문에 컨디션이 엉망일 것으로 예상합니다."

"체중 조절 실패의 원인은 무엇인가요? 혹시 훈련이 부족했기 때문은 아닙니까?"

"절대 그렇지 않습니다. 최강철 선수의 훈련 강도는 다른 선수들의 모범이 될 정도로 혹독합니다. 하지만 그런 훈련으로도 무려 8㎏을 감량하기에는 무리가 따랐을 것입니다. 보십시오. 최강철 선수가 얼마나 말랐습니까. 저 모습만 봐도 얼마나 열심히 훈련했는지 알 수 있을 것 같습니다."

윤근모가 안타까움을 숨기지 못하며 상황을 설명해 나갔다.

복싱 선수의 감량은 살이 찐 사람의 다이어트와 근본적으로 다르다.

누군가는 그까짓 8㎏ 빼는 것이 뭐가 힘드냐고 말하겠지만 군살이 거의 없는 복싱 선수에게는 피를 토할 만큼의 고통이 따를 수밖에 없다.

*　　　　*　　　　*

최강철은 천천히 코너를 빠져나와 링의 중앙에서 챠베스와 마주 섰다.

심판의 주의 사항을 들으며 최강철은 묵묵히 서서 챠베스의 얼굴을 바라보았다.

철의 가면을 쓴 자.

챠베스는 어떤 표정도 얼굴에 담고 있지 않았고 눈은 더없이 차갑게 가라앉아 있었다.

그래, 인정한다, 챠베스.

그동안 당신이 걸어온 영웅의 길에서 수많은 자가 그 표정과 눈길에 제압되어 쓰러졌겠지.

당신의 차가운 이성과 냉정함 속에 숨어 있는 불굴의 투지가 어느 정돈지 그 시선에서 충분히 알 수 있을 것 같다.

하지만 챠베스, 오늘은 그렇게 되지 않을 거야.

왜냐하면 나는 사람들이 세계 최강이라 부르는 무적의 챔피언이기 때문이다.

"허리케인, 체중 조절에 실패했다고 들었습니다. 미안합니다."

"뭐가 말입니까?"

"당신으로 하여금 이런 선택을 하게 만든 나의 비겁함을 용서해 주시기 바랍니다."

"아닙니다. 이것은 나의 선택이었지, 당신의 비겁함 때문에 생긴 일이 아닙니다. 그러니 미안해하지 마십시오."

"그렇게 생각해 주니 고맙소."

"내가 체중 조절에 실패한 것 때문에 방심하면 안 됩니다. 나는 오늘 당신을 반드시 쓰러뜨릴 테니까요."

때앵!

공이 울리는 걸 들으며 최강철은 천천히 코너를 빠져나와 링의 중앙으로 걸어가 챠베스의 왼손을 툭 건드렸다.

그러고는 가딩을 올린 채 전진 스텝을 밟아 그의 품속으로 뛰어들었다.

마주 다가오는 전차.

챠베스는 지금까지 아웃복싱을 해본 적이 없는 사나이다.

그랬기에 두 선수는 최강철이 인파이팅을 선택하는 순간 링의 중앙에서 맞붙을 수밖에 없었다.

밀리면 죽는다.

둘은 모두 인파이팅의 스페셜리스트였기 때문에 누구든 압박을 견디지 못하고 밀리는 순간 최악의 상황으로 치닫게 된다.

최강철은 챠베스의 날카로운 스트레이트를 더킹과 위빙으로 피하며 자신이 보유한 펀치를 모두 꺼내 들었다.

비록 체중 조절에 실패해서 어제 무리를 했지만, 시합을 하지 못할 정도로 컨디션이 엉망으로 변한 건 아니었다.

파방, 팡, 팡, 팡!

양 선수가 던지는 칼날 같은 주먹이 상대를 죽이기 위해 번뜩이며 움직였다.

정말 쉴 새 없는 펀치의 교환이다.

금세기 최고의 선수들답게 링 중앙에서 맞붙은 채 1라운드부터 포화를 퍼부었다.

　최강철은 오래전부터 마지막 순간을 꿈꿔왔다.

　복서로서 화려하게 끝을 보고자 하는 욕망이 그를 지금의 이 자리로 이끌었다.

　그리고 챠베스는 자신의 마지막 순간을 장식하기에 더없이 훌륭한 상대였다.

　인성이 그렇고 실력도 그렇다.

　오른쪽 관자놀이를 겨냥하고 날아온 레프트훅을 슬쩍 피하며 최강철의 라이트훅이 순간적으로 움직였다.

　크로스카운터.

　챠베스는 언제나 단발 펀치를 구사하지 않는다.

　최선의 공격이 최선의 방어라는 진리를 철석같이 믿었고, 자신의 펀치에 격중된 적은 결코 버티지 못한다는 자신감을 가졌기 때문이다.

　그랬기에 최강철의 크로스로 날아간 라이트훅이 그의 안면에 적중되었을 때, 그의 라이트스트레이트 또한 얼굴을 향해 날아오는 중이다.

　같이 때리고 맞았다.

　하지만 같이 때리고 맞았어도 시간 차가 있었고, 스피드와 위력의 차이가 있다.

비틀.

최강철의 라이트훅이 안면에 적중되는 순간 챠베스의 다리가 휘청거렸다.

기회.

챠베스의 다리가 휘청거리는 순간, 최강철의 몸이 불쑥 다가서며 양쪽 옆구리를 강타했다.

그러곤 있는 힘껏 어깨로 챠베스의 몸통을 들이받아 뒤로 물러서게 만들었다.

밀리지 않기 위해 안간힘을 썼으나 챠베스는 충격을 받은 상태였기에 어쩔 수 없이 한 걸음 밀려날 수밖에 없었다.

그로서 충분했다.

우웅!

챠베스의 한 발은 최강철에게 거리를 확보할 수 있는 절호의 기회였다.

거리가 확보되는 순간, 최강철의 무시무시한 콤비네이션 펀치가 가동되기 시작했다.

파방, 파바바박, 파바방!

번개가 내리꽂히듯 강력하고도 눈부신 빠른 공격.

정신을 차린 챠베스가 다시 전열을 가다듬으려 했으나 최강철은 그가 반격할 타이밍을 주지 않고 강력한 펀치를 연사했다.

백전노장이란 수많은 경험을 가진 장수를 말한다.

그리고 챠베스는 백전노장의 반열에 들어 있는 베테랑이다.

최강철의 강력한 공격이 자신의 전신을 두들기자 절대 물러서지 않을 것 같던 챠베스의 스텝이 좌우로 현란하게 움직였다.

절묘하다. 그리고 언제든지 반격할 수 있을 정도의 거리에서 움직였다.

적의 기회를 인정하고 지금의 비세를 언제든지 역전할 수 있도록 견고한 방어막을 형성한 채 챠베스는 최강철의 공격을 피해 나갔다.

그럼에도 최강철은 한번 잡은 기회를 그냥 놓치지 않았다.

집요하고 끈질겼다.

챠베스의 방어막이 완벽하고 반격 또한 날카로웠으나, 최강철은 독사의 이빨을 드러낸 채 끊임없이 적의 가딩을 무너뜨렸다.

이것이 허리케인의 콤비네이션이다.

챠베스가 온몸을 웅크린 채 빠져나가도 쉴 새 없이 터지는 콤비네이션 펀치가 그의 전신에 작렬했다.

정타는 맞지 않았지만 관중들의 눈에는 챠베스가 금방 쓰러질 것처럼 보일 정도로 일방적인 공격이었다.

"최강철 선수, 피하지 않습니다. 돌진하는 최강철. 이걸 뭐

라고 해야 되나요. 1라운드부터 양 선수, 링의 중앙에서 격돌
을 벌입니다."

"아무래도 최강철 선수 체력 때문에 경기 초반에 승부를 거
는 것 같습니다. 체중 조절에 실패한 것이 원인인 것 같습니
다."

"아, 만약 그게 사실이라면 어떡합니까. 지금의 공격으로 챠
베스를 쓰러뜨리지 못한다면 경기 후반이 어려워진다는 거잖
습니까?"

"아무래도 그럴 공산이 큽니다."

"말씀드리는 순간 최강철 선수의 원투 스트레이트, 라이트
보디. 반격하는 챠베스, 교묘한 더킹에 이은 라이트훅, 레프트
어퍼컷. 양 선수, 절대 물러서지 않습니다. 스텝이 없습니다.
링의 중앙에서 조금이라도 물러서면 진다고 생각하는 것 같
습니다. 펀치를 교환하는 양 선수. 악! 최강철 선수의 크로스
카운터. 때리고 맞았습니다. 하지만 챠베스가 휘청합니다. 어
깨로 들이박는 최강철, 공격합니다. 무차별적인 공격. 나왔습
니다. 최강철 선수의 전매특허 허리케인 콤비네이션입니다."

"정타가 몇 개 들어갔습니다. 그런데도 챠베스 선수, 역시
냉정하군요. 절대 물러서지 않을 것 같더니 천천히 외곽으로
빠져나가 반격합니다."

"잡아야 합니다. 어차피 경기 초반에 승부를 걸었다면 이

기회를 놓치면 안 됩니다."

이종엽이 일어나서 주먹을 휘둘러 댔다.

윤근모의 말을 듣고 나자 마음이 급해져 자신의 행동을 제어할 수 없었다.

그런 것이 확실했다.

체중 조절에 실패했기 때문에 경기 초반 승부를 건 것이라면 최강철은 이번 기회를 놓치지 않기 위해 사력을 다할 것이다.

그랬기에 이종엽과 윤근모는 기회를 잡은 최강철이 챠베스를 쓰러뜨려 주기를 간절히 바랐다.

쉽지 않다는 것을 알면서도…….

그리고 결과도 그렇게 나타나고 있었다.

백전노장인 챠베스는 외곽으로 천천히 돌면서 방어막을 재정비하고 독사처럼 날카롭게 반격하고 있었다.

*   *   *

1라운드가 끝나고 최강철이 코너로 돌아오자 윤성호의 얼굴이 허옇게 변했다.

숨결이 고르지 못하다는 걸 느꼈기 때문이다.

체중 조절에 실패해서인지 최강철은 이전 경기와 확연히 비교될 정도로 거칠게 숨을 헐떡거리고 있었다.

"힘들어?"

"후훅, 괜찮습니다."

"너무 무리하지 마."

"원래 이게 우리 전략이잖습니까."

"그건 체중 조절에 실패하기 전 이야기지. 지금은 상황이 다르잖아."

"달라진 건 아무것도 없습니다."

"이 자식아, 경기 질 생각이야? 왜 말을 안 들어 처먹어!"

"몸이 덜 풀려서 그래요. 이제 괜찮아질 겁니다."

"믿을 걸 믿으라고 해. 씨발! 하긴 그렇기도 하겠다. 어차피 길게 끌어봤자 승산이 없으니까."

"무슨 말을 그렇게 해요? 김빠지게."

"하도 복장 터져서 그런다. 놈의 라이트스트레이트에 두 번이나 걸렸어. 그걸 조심해. 잘못하면 대미지 입어."

"다 피하면 언제 공격합니까? 마지막 시합이니 제 방식대로 싸우게 그냥 내버려 두세요."

"이 자식아, 피하라면 피해. 나 속 터지게 하지 말고."

"흐흐, 알았어요."

언제나 윤성호는 놀리는 재미가 있다.

뻔히 알면서도 속아주는 그도, 이런 팽팽한 긴장감 속에서 농담을 하는 최강철도 정상적인 사람은 아니었다.

그나마 이성일이 제정신을 차리고 있었다.

"강철아, 팬케이크가 막히니까 챠베스가 할 수 있는 건 그리 많지 않아. 어차피 둘 중 하나는 죽는다. 알지?"

"응."

"관장님은 라이트스트레이트를 말했지만 난 그것보다 복부 공격이 더 신경 쓰인다. 넌 체중 조절에 실패했기 때문에 복부를 맞으면 금방 체력이 저하될 거야. 복부 방어를 철저히 해야 해. 알았어?"

"오케이."

"야, 인마. 성일이 말은 잘 들으면서 왜 내 말을 생까는 거냐?"

"생까긴요. 새겨듣고 있습니다."

"맞지 마라. 네가 맞으면 내가 맞은 것처럼 아프다."

"그런 말은 형수님한테 가서 하세요. 소름 돋습니다."

                    *   *   *

2라운드의 공이 울리자 최강철은 성큼성큼 챠베스를 향해 다가섰다.

자신이 생겼다.

이성일의 말대로 팬케이크가 완벽하게 차단당하자 챠베스가 할 수 있는 게 많지 않았다.

패턴을 잃어버리면 상황이 변하고, 자신이 가진 무기를 완벽하게 사용하지 못하게 된다.

챠베스는 그동안 수많은 전투를 하면서 팬케이크에 특화된 사람이었다.

조금씩이라도 밀면서 상대를 가두고 자신이 가진 무기들을 사용해 야금야금 침몰시키는 전술이 그가 지금까지 해온 팬케이크 인파이팅이었다.

하지만 최강철은 절대 밀리지 않았기 때문에 챠베스는 자신이 가지고 있는 무기들을 제대로 사용하지 못하고 있었다.

이런 상황에서의 싸움이라면 자신이 이긴다.

최강철의 펀치 스피드는 현존 최강이었고, 지닌 무기도 챠베스에 전혀 밀리지 않기 때문이다.

그와 더불어 최강철에게는 적의 공격을 무력화시키는 엄청난 반사 신경이 있었으니 전면전을 피할 이유가 없었다.

문제는 윤성호가 걱정하던 체력이다.

1라운드를 뛰어보니 예전과 다르게 급격히 호흡이 가빠왔다.

이것이 체중 조절 실패에 대한 영향 때문이라면 경기에 문제가 생길 수 있었다.

그럼에도 최강철은 챠베스를 향해 거칠게 돌진했다.

접근전.

드디어 챠베스도 칼을 뽑아 들었다.

1라운드의 비세를 의식한 듯 그는 특유의 회오리 펀치를 줄기줄기 뿜어내기 시작했다.

이 펀치에 얼마나 많은 선수가 당했단 말인가.

챠베스의 회오리 펀치는 그가 지닌 콤비네이션 펀치들이 마치 회오리처럼 강하게 회전하며 상대를 압박한다고 해서 지어진 이름이다.

스텝 쪽에서는 시간을 끌면서 장기전으로 가라는 지시를 내렸지만, 챠베스는 트레이너의 지시를 거부하고 인파이팅을 멈추지 않았다.

비겁함과 부끄러움은 한 번으로 족하다는 것이 그의 생각이었다.

당당한 승부.

이 전쟁만큼은 아무런 후회가 남지 않도록 한 점 부끄럼 없이 싸울 생각인 것이다.

위잉, 위잉, 윙!

끊임없이 주고받는 펀치.

적의 목줄기를 물어뜯기 위한 살벌한 펀치가 공간을 찢으며 날아갔다.

관중들은 이미 두 선수의 포로였다.

그들의 펀치 하나마다 함성과 비명이 난무했는데 어느 특정 선수를 응원하는 것이 아니었다.

두 선수가 보여주고 있는 복싱의 아름다움.

끝없이 펼쳐지는 공방전은 무시무시한 태풍이 되고 폭풍이 되어 관중들의 마음을 송두리째 흔들어놓고 있었다.

*　　　　*　　　　*

"챠베스의 라이트스트레이트. 최강철 선수, 맞았습니다. 그러나 물러서지 않는 최강철. 뭔가 이상합니다. 5라운드에 들어서면서 최강철 선수의 몸이 급격해 둔해졌습니다."

"아무래도 체력이 서서히 고갈되기 시작한 것 같습니다. 걱정이네요."

"벌써 지쳤단 말인가요?"

"혹독하게 체중감량을 한 상태에서 4라운드 내내 끝없이 격돌했습니다. 최강철 선수가 오버 페이스를 한 것 같아요."

"아, 그렇다면 큰일입니다. 전진하는 챠베스, 몰아붙입니다. 특유의 회오리 펀치. 주먹이 예상치 못한 각도에서 뿜어져 나옵니다. 방어하는 최강철, 날카로운 라이트스트레이트. 그러나 반격이 단발 공격에 그칩니다. 속사포 같은 콤비네이션 펀치가 보이지 않고 있습니다. 안타깝습니다. 반면 챠베스 선수는 펄펄 납니다. 계속되는 챠베스의 공격. 무차별적으로 몰아붙이고 있습니다. 견뎌내야 합니다. 최강철 선수, 이 위기를 일단 넘겨야 합니다."

"휴우, 쉽지 않을 것 같습니다. 너무 지친 것 같아요. 최강철 선수는 체중 조절에 실패하면서 최악의 컨디션으로 경기에 올라왔습니다. 이 경기는 어차피 말도 안 되는 경기였습니다. 두 체급이나 감량해서 경기를 치르고 있으니 이게 말이 됩니까. 최강철 선수, 너무 무리한 도전을 한 것 같습니다."

윤근모의 입에서 땅이 꺼질 듯한 한숨이 흘러나왔다.

최강철의 경기를 수없이 해설했지만 이런 모습은 본 적이 없었다.

무기력증에 걸린 사람처럼 최강철은 제대로 움직이지 못했다.

어쩌면 당연한 일이다.

체중 조절에 실패한 선수는 한계에 도달하는 순간 발부터 경직되며 움직이지 못하다가 점점 상체로 올라와 숨조차 쉬기 힘들어진다.

최강철은 분명 한계에 도달한 모습이었다.

*　　　　　*　　　　　*

김영호와 류광일은 양손을 꽉 쥔 채 입술을 깨물었다.

눈은 화면에 나오는 최강철의 모습을 봤지만, 마음만큼은 다른 곳으로 도망가고 싶은 심정이었다.

4라운드까지 선전하면서 챠베스를 몰아붙이던 최강철은 5라운드부터 서서히 밀리더니 7라운드에 들어와서는 챠베스의 공격에 일방적으로 얻어맞는 중이다.

한눈에 봐도 체력이 고갈된 모습이다.

다리가 전혀 움직이지 않았고 펀치가 나오는 속도도 굼벵이를 연상시킬 정도였다.

최강철이 계체량에 실패했다는 소릴 듣는 순간부터 이런 상황이 올 수 있다는 것을 예상했다.

하지만 막상 두 눈으로 확인하게 되자 죽고 싶다는 생각이 들었다.

아직 최악의 상황은 아니었지만, 곧 죽음이 다가오게 될 것이다.

보고 싶지 않았다.

실력의 차이로 발생한 일이 아니라 개떡 같은 컨디션과 체력 고갈로 인한 것이었으니 역전은 불가능에 가까웠다.

그랬기에 김영호와 류광일은 눈물을 글썽이며 이를 악물고 있었다.

싸늘하게 가라앉은 광화문 광장.

오직 들리는 것은 안타까운 목소리로 떠드는 캐스터의 울부짖음뿐이었다.

"씨발, 싸우는 게 아니었어. 싸우는 게… 크윽!"

"울지 마라. 그리고 강철이를 욕하지도 마. 강철이의 선택은 어쩌면 당연한 것이었어. 복서로서 끝까지 최선을 다하는 모습을 보여주겠다는 투지였잖아."

"그래서 뭐? 저런 모습을 보여주려고 그랬어? 왜? 왜!"

"도전이었지. 누구도 가보지 않은 길을 걷고 싶어 한 강철이의 도전. 그래서 나는 아파하지 않을 거다. 비록 강철이가 진다고 해도 절대 울지 않을 거야."

거짓말이다.

벌써 그의 눈에는 떨어지기 직전의 눈물이 고여 있었으니까.

하지만 류광일은 그 모습을 보고서도 아무런 말을 하지 않았다.

그래, 그런 거지.

네 마음이 나와 같다는 걸 안다.

그리고 지금의 나는 강철이가 더 비참해지지 않기를 바랄 뿐이다.

최강철.

그동안 너는 최선을 다했다.

그러니 더 맞지 말고 그냥 쓰러져. 네가 맞을 때마다 내 가슴이 찢어진단 말이야!

*   *   *

"헉, 헉, 헉!"

7라운드를 끝내고 돌아온 최강철은 숨을 제대로 쉬지도 못했다.

가슴이 터질 듯했고 다리가 천근처럼 무거워 움직여 주지 않았다.

다가오는 펀치를 뻔히 보면서도 피하지 못할 만큼 몸은 엉망으로 변해 있었다.

설마 이렇게까지 문제가 생길 줄 몰랐다.

아무리 체중 조절에 실패했다 해도 이 정도로 급격하게 체력이 저하되었다는 건 작전 실패의 이유도 있었다.

평소처럼 1라운드부터 격렬한 인파이팅을 펼친 것이 실패의 원인이다.

윤성호와 이성일은 그런 최강철을 바라보며 아무 말도 하지 않고 그저 몸에 흐르는 땀을 닦아줄 뿐이었다.

무슨 말을 할 수 있단 말인가.

여기서 그들이 할 수 있는 말은 오직 하나밖에 없었고, 그 말을 꺼내는 건 죽기보다 싫었다.

그럼에도 먼저 입을 연 것은 윤성호였다.

어떤 반응이 나올지 뻔히 알지만 말리고 싶었다. 여기서 말리지 않으면 어쩌면 커다란 대미지를 입어 건강에 문제가 생길지도 모른다.

"강철아, 그만하자."

"헉헉! 아직 괜찮습니다."

"이 새끼야, 정후를 생각해야지. 너 잘못되면 지영 씨하고 정후는 어쩌란 말이냐. 씨발, 너는 최선을 다했어. 그러니까 여기서 그만해."

"하지 마라. 만약 누구라도 타월을 던지면 죽여 버릴 테니까 마음대로 해. 난 분명히 말했어. 죽어도 링에서 죽는다."

최강철이 눈만 들어 윤성호와 이성일을 번갈아 바라봤다.

파랗게 쏘아져 나오는 시선에서 정말 살기가 느껴질 정도였다.

항복을 하느니 차라리 죽겠다는 각오이다.

그랬기에 윤성호와 이성일은 그의 시선을 피해 멍하니 허공을 바라보고 말았다.

*　　　　*　　　　*

8라운드.

많이 맞았다.

챠베스의 공격은 시간이 지날수록 더욱 날카롭게 전신을 유린해 왔다.

필사적으로 결정타를 피하며 시간을 보냈지만, 대부분의 공격을 고스란히 맞을 수밖에 없었다.

체력이 완전히 고갈되며 방어막이 무너졌고, 펀치는 마치 굼벵이처럼 흐느적거렸다.

챠베스의 시선이 들어온 것은 강력한 라이트훅을 가딩으로 간신히 막으며 뒤로 물러날 때였다.

자신을 동정하는 그의 시선.

챠베스는 일방적으로 공격당하는 그를 보면서 안타까움을 숨기지 않았다.

내가 불쌍한가.

후후, 그렇기도 하겠다. 천하의 허리케인이 병신처럼 이렇게 두들겨 맞고 있으니 얼마나 불쌍해 보였겠어.

뒤로 물러나다가 강한 라이트스트레이트에 걸렸다.

쿠웅!

쓰러지지 않으려 했지만 쓰러지지 않을 도리가 없었다.

다리가 풀린 상태에서 맞았기 때문에 엉덩방아를 찧으며

뒤로 벌렁 넘어졌다.

쓰러진 채 움직이지 않았다.

억울해서 눈물이 나왔다.

이렇게 끝내고 싶던 것은 아니다. 자신의 복싱 인생의 마무리는 화려하고 빛나는 투지와 함께여야 했다.

'루시퍼, 이 개새끼야! 약속을 지켜라! 나한테… 지칠 줄 모르는 체력을 준다고 했잖아!'

눈을 감은 채 이를 악물고 속으로 고함을 질렀다.

나를 부끄럽게 만들지 말아다오.

만약 이렇게 나의 복싱 인생이 끝나게 된다면 약속을 지키지 않은 너를 절대 용서하지 않을 것이다.

레퍼리의 카운트하는 소리.

자신의 침몰에 충격을 받은 관중들의 비명.

그리고 일어나지 말라며 악다구니를 쓰는 윤성호와 이성일의 고함.

몸은 말을 듣지 않았지만 모든 것이 생생하게 들렸다.

순간이 영원처럼 느껴졌고, 모든 것이 느리게 흘러가기 시작했다.

그러던 한순간,

감은 눈을 천천히 뜨면서 참고 있던 숨을 길게 내려뜨리자 온몸의 빠져나간 생기가 서서히 되돌아오기 시작했다.

몸에 생기가 돌아오는 걸 느끼며 팔을 들어 캔버스를 짚고 일어섰다.

쓰러지기 전보다 훨씬 낫다.

자신의 몸이 생기를 찾은 이유가 단순히 신체의 한계를 극복했기 때문이라고 믿지 않았다.

러너스하이일 수도 있지만 꼭 그런 것 같지도 않았다.

러너스하이는 체력의 회복이 아니라 체력이 극한에 도달했을 때 느끼는 감각일 뿐이기 때문이다.

하지만 그렇다고 해서 루시퍼의 도움을 받은 것도 아니다.

루시퍼는 다시 살고 있는 자신의 삶에서 지금까지 한 번도 도움을 주거나 간섭한 적이 없기 때문이다.

그렇게 본다면 이런 초회복 현상은 애초부터 루시퍼에게 부여받은 능력일 가능성이 컸다.

카운트 8에 일어나 주먹을 들어 올리자, 레퍼리가 다가와 의사를 물었다.

당연하지. 싸우지 않을 거면 뭐 하러 일어났겠나.

고개를 끄덕이자 레퍼리가 비켜났다.

반대쪽에서 챠베스가 특유의 무표정한 얼굴로 자신을 지켜보고 있다.

몸에 생기가 돌기 시작했지만 아직 완전하지는 않았다.

더군다나 다운을 당하며 캔버스에 쓰러질 때 대미지가 올라왔다. 그래서 최강철은 챠베스가 롱 훅을 날리며 접근하자 외곽으로 멀찍이 돌았다.

지금은 자존심을 찾을 때가 아니었다.

이제 남은 시간은 20초.

일단 이 시간을 넘기고 난 후 다음 라운드에서 승부를 보는 것이 현명한 선택이다

체력이 회복되면서 방어막이 견고해졌다.

벌써 몇 라운드째 일방적으로 공격했기 때문인지 챠베스의 주먹은 상당히 커져 있었다.

반격에 대한 위험성이 줄어들자 자신도 모르게 펀치의 강도를 키워 나간 것이 원인이다.

그럼에도 여전히 날카롭다.

각도를 줄이며 뻗어 나오는 그의 회오리 펀치는 방어만 해서는 견딜 수 없는 것이었다.

*   *   *

"어떻게 된 거야?"

"헉헉! 뭐가요?"

"다운당한 다음부터 오히려 좋아졌다. 일부러 그런 거지?"

윤성호의 얼굴에서 기대감이 스멀거리며 피어올랐다.

그는 최강철이 지금까지 당해준 게 체력을 회복하기 위함이기를 간절히 바라고 있는 것 같았다.

그도 그럴 것이 마지막 순간 최강철이 보여준 스텝은 평상시에는 못 미치지만 훨씬 경쾌하고 부드럽게 변해 있었다.

"후훅! 일부러 맞는 놈이 어디 있어요? 계속 맞다 보니까 신체가 열받은 모양입니다."

"강철아, 계속할 거냐?"

"그럼요."

그럴 수도 있다.

복싱을 오래 하다 보면 체력이 방전된 선수가 기적처럼 상대를 박살 내며 승리를 쟁취하는 경우를 본다.

그것은 아주 드문 경우였으나 선수의 정신력이 적의 공격에 대한 충격을 받아들이며 버티기를 반복하다가 축적된 체력으로 한 번에 승부를 걸었을 때 발생한다.

다시 말하면 모험이 성공했을 경우 기적처럼 발생하는 행운이라고 볼 수 있었다.

영악한 최강철은 어떻게 된 영문인지 모르겠으나 마지막 반전을 위해 늑대의 발톱을 숨겨놓고 있던 것 같다.

"강철아, 이번 9라운드에서 끝을 보자. 더 해봤자 의미가 없어. 무슨 소린지 알지?"

"압니다."

"그래, 영웅은 자신의 처참한 시체를 길가에 묻지 않는 법이다. 그러니까 드넓은 광야의 중심에 있는 절벽에서 장렬히 산화하는 것이 어울려."

"멋진 표현이네요. 관장님 말씀을 따르겠습니다. 이번 라운드에서 끝을 보죠."

최강철이 거친 숨을 뱉어내면서 희미하게 웃었다.

체력이 돌아왔다고 해서 완벽할 리 없다.

더군다나 돌아온 체력이 언제 다시 고갈될지 알 수 없는 상황이었으니 윤성호의 말대로 이번 라운드에서 승부를 보는 건 당연한 일이었다.

*　　　　　*　　　　　*

이종엽과 윤근모는 쉬는 시간이 되었음에도 멍하니 링을 바라보며 아무 말도 하지 못했다.

일방적인 공격을 버티지 못하고 다운을 당하고 말았다.

최강철이 언제 이렇게 무기력한 경기를 한 적이 있던가.

다운을 당하는 순간 가슴 한쪽이 찢어질 것처럼 아파 자신도 모르게 손으로 가슴을 부여잡았다.

이번 다운은 불의의 펀치를 맞고 다운을 당한 것이 아니었기에 그들의 충격은 훨씬 컸다.

다행히 겨우 일어나 8라운드를 무사히 마쳤지만, 어떤 희망
도 보이지 않았다.

이종엽의 입이 슬그머니 열린 것은 담당 PD가 마지막 광고
를 내보내면서 자신을 향해 준비하라는 사인을 보낼 때였다.

"윤 위원님, 한국이 걱정되네요. 지금쯤 초상집이 되어 있을
것 같습니다."

"휴우, 아무래도……."

"이 경기를 계속 중계해야 된다는 것이 정말 괴롭습니다."

"힘내게. 사람에게는 기적이란 게 있지 않나. 다운당하고 일
어났을 때 움직임을 보니까 조금 회복한 것 같았어. 마지막까
지 지켜보자고. 최강철은……."

윤근모의 말이 PD의 사인에 의해 끊겼다.

PD가 급히 팔을 돌리며 멘트를 시작하라는 신호를 보내왔
기 때문이다.

참 열심히 산다.

이 와중에도 방송국을 먹여 살리기 위해 광고는 열심히 돌
아갔고, 자신에게 최강철의 비참한 모습을 계속 중계하라며
팔을 빙빙 돌려대는 PD의 모습을 보자 화가 불끈 치밀어 올
랐다.

그럼에도 이종엽은 마이크를 자신의 입에 가져다 댄 후 전
쟁을 독려하는 선동꾼처럼 높고 날카로운 목소리로 9라운드

의 시작을 알렸다.

"이제 9라운드가 시작되었습니다. 최강철 선수는 8라운드에 불의의 일격을 맞고 다운을 당했으나 불굴의 정신으로 일어났습니다. 아직도 저는 최강철 선수가 불리함을 극복하고 마지막 순간까지 최선을 다해줄 것이라 믿습니다. 불사조 최강철, 그가 마지막 투혼을 불태워 주기를 진심으로 간절하게 기원하는 바입니다."

*   *   *

최강철은 고개를 좌우로 꺾고 숨을 고른 후 앞으로 나갔다.

숨결의 진퇴가 다르다.

다른 라운드에서는 링으로 나설 때 폐부를 파고드는 고통에 힘들었는데, 이번에는 훨씬 가라앉은 상태였다.

챠베스의 표정은 여전히 차갑다.

그 표정은 변함이 없었고 밀고 들어오는 압박도 이전과 똑같았다

그는 최강철이 뒤로 밀리는 순간부터 팬케이크 스텝을 밟으며 접근해 들어왔는데 막상 당해보자 그 압박이 무시무시했다.

체력의 부족으로 밀리기 시작한 것이 경기를 어렵게 만들었다.

팬케이크 스텝을 장착한 챠베스는 독수리의 날개에 미사일을 장착한 것처럼 말도 안 되는 펀치들을 마음껏 뿜어냈다.

최강철이 가장 먼저 한 것은 챠베스의 팬케이크 스텝을 부숴놓는 것이었다.

불끈 다가서며 강력한 라이트훅을 관자놀이를 향해 내리꽂았다.

전진하는 팬케이크 스텝을 막아 챠베스의 후속 공격을 미리 차단하기 위함이다.

챠베스의 스토핑.

챠베스는 계속 공격을 당하던 최강철의 반격에 위빙과 더킹 대신 블로킹과 스토핑을 주로 사용했다.

공격의 날카로움이 무뎌진 적에게 위빙과 더킹으로 시간을 주지 않겠다는 고도의 전술이다.

하지만 같은 선택을 한 챠베스의 스토핑은 실수였다.

스토핑에 이어 라이트스트레이트가 날아오는 순간 최강철의 몸이 숙여지며 미사일 같은 라이트훅이 다시 날아간 것이다.

라이트 더블.

미처 생각하지 못했을 것이다.

지금까지 체력적인 문제 때문에 단발 공격을 해왔으니 챠베스는 최강철이 스토핑에 막힌 라이트훅을 다시 날릴 거라고는 전혀 생각지 못한 게 분명했다.

챠베스의 라이트스트레이트가 머리 위로 스쳐 지나가고 대신 자신의 라이트훅에 묵직한 감촉이 느껴지는 순간 최강철은 본능적으로 앞을 향해 돌진했다.

이미 라이트훅에 적중된 챠베스는 놀란 눈으로 뒤로 물러나는 중이다.

충격을 받았다.

작정하고 날린 주먹이었으니 충격을 받지 않았다면 사람이 아니다.

재정비할 틈을 주지 않고 챠베스의 몸통을 들이박은 최강철은 그대로 콤비네이션 펀치를 꺼내 들었다.

이번이 마지막이다.

내 체력이 어디까지 버텨줄지 모르지만 이번 공격에 실패한다면 이 경기에서 이기기 힘들 것이다.

윙, 윙, 위잉!

칼날 같은 펀치들.

방향과 각도를 무시하고 챠베스의 빈틈을 노리며 날아간 펀치가 가딩 사이를 뚫고 들어가 전신을 유린했다.

펀치가 적중될 때마다 챠베스의 몸은 움찔거렸다.

완벽한 가딩 상태에서 기회를 노리며 위빙과 더킹, 심지어 스웨잉까지 모든 방어 기술을 펼쳤지만, 최강철의 펀치는 전갈의 독침처럼 그 사이의 빈틈을 찾아 예리하게 파고들었다.

그럼에도 챠베스는 물러서지 않으려고 애를 썼다.

뒤로 밀리는 순간 최강철에게 기회를 준다는 걸 너무나 잘 알기 때문이다.

각도를 좁히고 펀치의 힘을 빼면서 챠베스는 최강철의 콤비네이션 중간을 차단했다.

역시 백전노장이다.

절대 적의 공격이 마음껏 펼쳐지지 못하도록 틈을 노려 반격을 해왔는데, 그때마다 최강철도 타격을 받았다.

그럼에도 물러서지 않았다.

챠베스가 던진 날카로운 레프트 보디가 옆구리에 꽂히는 순간, 마주 달려 나간 최강철의 라이트훅이 기관차처럼 그의 안면을 깔아뭉갰다.

살을 내주고 뼈를 취하는 전략.

이미 이 경기는 처음부터 잘못 시작되었으니 정상적인 전략으로 싸울 생각이 없었다.

콰앙!

강력한 라이트훅에 적중된 챠베스가 다시 한번 비틀거리며 뒤로 물러섰다.

9라운드.

격렬한 경기를 계속 이어왔으니 그 역시 이젠 지칠 때가 되었다.

그런 상황에서 강한 주먹에 적중되었기 때문인지 절대 물러서지 않을 것 같던 챠베스의 두 다리가 흔들거렸다.

최강철의 폭발적인 진격.

마치 경기를 시작했을 때 챠베스를 압도하던 그때처럼 최강철은 물러서는 적을 향해 무시무시한 펀치들을 난사했다.

둘 중 하나는 죽는다.

이미 죽음을 각오한 이상 나의 죽음 앞에서 나는 반드시 당신의 시신을 먼저 확인해야겠다.

천둥 벼락이 친다.

마지막 공격을 쏟아붓고 있는 최강철의 몸에서 나온 펀치들은 천둥이 되고 번개가 되어 챠베스의 전신을 찢어나갔다.

챠베스가 이빨을 깨물며 마주 다가왔으나 이미 늦었다.

한번 가동된 최강철의 콤비네이션 펀치들은 그의 죽음을 각오한 반격을 철저히 깔아뭉개며 전진해 나갈 뿐이었다.

최강철은 자신의 라이트스트레이트에 적중된 챠베스를 보면서 레프트 어퍼컷과 라이트 보디 공격을 동시에 터뜨렸다.

그러고는 어깨로 다시 챠베스의 몸통을 들이박고 짧은 양 훅으로 안면을 갈겼다.

숨이 목구멍까지 차올랐고 다리가 천근처럼 무거워져 갔다.

보완된 체력은 라운드 종반에 이르자 수명이 다된 것처럼 빠져나가고 있었다.

이를 악물었다.

계속되는 공격에 충격을 받아 희미해진 챠베스의 시선을 보면서 최강철은 마지막 불꽃을 불태웠다.

가라, 챠베스.

이것이 나의 마지막 선물이다.

챠베스를 로프로 몰아넣고 자신이 지금까지 복싱을 하면서 가다듬어 온 패턴 펀치를 한꺼번에 모두 퍼부었다.

1개의 패턴 펀치는 12개의 펀치로 구성되었고, 그는 5개의 패턴 콤비네이션 펀치를 가지고 있었다.

이 펀치로 모든 강자를 꺾었다.

그가 정상적인 컨디션에서 시전하는 패턴 콤비네이션 펀치는 그 자체가 공포이고 두려움의 대상이었다.

혼신의 힘을 다해 무한의 상태에서 전력을 다했다.

그는 5개의 패턴 펀치를 모두 퍼부은 후 실패하면 장렬히 산화할 작정이다.

그러나 최강철은 그렇게 하지 못했다.

로프에 몰린 채 방어하기 위해 사력을 다하던 챠베스가 2번째 패턴 콤비네이션에 짚단처럼 무너져 내렸기 때문이다.

치명상은 라이트 어퍼컷이었고, 목숨을 끊어버린 건 크로스카운터인 라이트스트레이트였다.

정적.

챠베스가 무너져 내리는 순간 MGM 호텔 특설 링은 무서운 고요 속에 사로잡혔다.

기적의 역전.

무기력한 경기를 하면서 관중들과 세계 복싱 팬들을 안타깝게 만든 최강철이었다. 그의 폭발을 바라던 사람들은 기어코 최강철이 챠베스를 캔버스에 쓰러뜨린 모습을 보자 한동안 아무 말도 하지 못하고 전율에 빠져들었다.

하지만 그 경악과 침묵은 그리 오래가지 않았다.

"와아! 와아! 와와!"

한꺼번에 터진 관중들의 함성과 비명.

광활한 MGM 호텔 특설 링 전체가 관중들이 터뜨린 함성과 몸부림으로 금방이라도 쓰러질 것처럼 흔들거렸다.

광란이다.

허리케인의 마지막 경기를 보기 위해 먼 길을 마다하지 않고 달려온 관중들은 그의 기적 같은 역전승을 확인하며 이성을 상실한 채 허리케인을 연호했다.

그들을 더욱 미치게 만든 것은 챠베스를 쓰러뜨린 후 레퍼리가 승리를 선언했을 때, 최강철이 털썩 무릎을 꿇으며 주저

앉았기 때문이다.

모든 힘을 퍼부은 후 탈진한 채 주저앉은 그의 고개가 캔버스를 향해 떨어졌다.

누군가는 그 모습을 보면서 연민을 느꼈겠지만, 대부분의 사람이 느낀 감정은 결코 연민이 아니었다.

불멸의 전사.

그렇다. 치명적인 불리함을 극복하고 마침내 거대한 적을 쓰러뜨린 그는 불멸의 전사가 분명했다.

*   *   *

죽어야 하는 자리인 줄 뻔히 알면서도 어쩔 수 없이 끌려간 사람처럼 9라운드의 시작을 알린 이종엽은 총알처럼 튀어나오는 최강철을 보면서 입을 쩍 벌렸다.

그가 생각한 게임 양상은 챠베스가 먼저 최강철을 압박하며 압도적인 공격을 하는 것이었기 때문이다.

하지만 경기는 시작부터 기적을 예고했다.

"와악! 국민 여러분, 최강철 선수가 공격을 시작했습니다! 강력한 라이트훅! 챠베스가 스토핑으로 막았습니다! 아닙니다! 최강철 선수, 라이트 더블입니다! 맞췄습니다! 비틀하는 챠베스! 이게 웬일입니까! 최강철 선수, 돌진합니다! 다가서는 최강철! 속사포 같은 콤비네이션 펀치를 날립니다! 전혀 새로운 사람을 보는 것 같습니다! 이게 어쩐 일인가요! 윤 위원님, 이 게 어찌 된 일입니까?"

"최강철 선수가 그동안 체력을 비축해 놓은 것 같습니다. 단 한 번의 기회로 챠베스를 잡으려는 전략을 세운 모양입니 다."

"최강철 선수, 밀어붙입니다! 허리케인의 진정한 모습! 너무 기뻐서 눈물이 나올 지경입니다!"

이종엽은 자리에서 일어나 미친 듯이 떠들었다.

정말 눈가에서 습기가 배어 올라왔다.

무차별적으로 공격을 감행하는 최강철의 모습을 보면서 이 젠 져도 좋다는 생각이 들었다.

이렇게 멋진 최후를 맞게 된다면 더 이상 여한이 없을 것 같았다.

얼마나 고함을 질렀는지 머릿속이 텅 빈 것처럼 느껴졌다.

그래, 이거야.

최강철의 경기를 진행하면서 늘 느끼던 이 소름 끼치는 함 성과 고함.

기어코 눈물이 주르륵 흘러내렸다.

고국에서 최강철의 마지막 불꽃 투혼을 보며 기뻐할 사람 들을 생각하자 자신도 모르게 눈물을 참을 수가 없었다.

하지만 그 감동은 시작에 불과했다.

얼마의 시간이 지났을까.

마지막 불꽃을 태우는 것으로 생각했던 최강철의 공격은 한순간이 아니라 영원처럼 지속되며 그렇게 강한 챠베스를 기어코 로프까지 끌고 갔다.

정말 기적이 일어나고 있었다.

"악! 최강철 선수, 어마어마한 공격을 퍼붓습니다! 번개처럼 터지는 콤비네이션 펀치! 라이트스트레이트에 이은 레프트보디, 라이트 어퍼컷! 최강철 선수의 얼굴도, 맞고 있는 챠베스 선수의 얼굴도 일그러져 있습니다! 두 선수 모두 최선을 다하고 있는 것 같습니다! 최강철의 레프트 어퍼컷! 챠베스, 반격합니다! 이때 최강철의 라이트스트레이트! 챠베스, 쓰러졌습니다! 만세! 고국에 계신 국민 여러분, 챠베스가 쓰러졌습니다! 레퍼리, 카운트를 합니다! 못 일어날 것 같습니다! 못 일어납니다! 만세! 만세! 최강철 선수가 이겼습니다! 대한민국 국민 여러분, 우리의 영웅, 불사조 최강철 선수가 기적 같은 역전승을 이끌어냈습니다!"

두 팔을 번쩍 든 이종엽이 울부짖었다.

보고도 믿어지지 않는 장면.

중계를 하는 내내 이 장면을 꿈꾸며 이렇게 되기를 빌고 빌었지만, 진짜 최강철이 챠베스를 쓰러뜨릴 거라고는 생각지 못했다.

그만큼 일방적으로 당했고 최강철의 상태가 경기를 뒤집기엔 너무 힘겨워 보였기 때문이다.

이종엽은 윤근모와 얼싸안았다.

중계가 문제가 아니었다.

두 사람은 서로를 끌어안은 채 미친 듯이 떠들어댔는데, 기적 같은 이 승리를 보면서 눈물을 멈추지 못했다.

                    *   *   *

8라운드에서 최강철이 다운을 당한 후 겨우 도망쳐 돌아가자, 숨을 죽이고 있던 사람들이 자리에서 일어나는 게 보였다.

광화문을 꽉 채운 푸른 물결은 고전의 시간이 거듭되면서 조금씩 균열이 가더니 8라운드가 끝난 후에는 눈에 띄게 빈 자리가 많아졌다.

충분히 이해가 된다.

김영호와 류광일 역시 이 자리를 떠나고 싶은 욕망에 사로잡혀 엉덩이를 붙이고 앉아 있는 것이 너무나 힘들었기 때문이다.

최강철의 졸전에 실망해서가 아니었다.

그들은 사랑하는 최강철이 계속 챠베스의 펀치에 맞으며 괴로워하는 걸 더는 지켜보고 싶지 않았기에 자리를 피하는 게 분명했다.

"영호야, 사람들 간다."

"나도 알아. 힘들겠지, 보는 게."

"휴우."

류광일이 긴 한숨을 내쉬었다.

그러자 김영호는 그의 모습을 보면서 지그시 눈을 감았다.

"그냥 가도 된다. 억지로 앉아 있을 필요 없어."

"아니, 나는 절대 가지 않아. 강철이가 데뷔할 때부터 지금까지 난 한 번도 경기를 보다가 자리를 뜬 적이 없다."

"이대로 있으면 너는 분명 보고 싶지 않은 장면을 보게 될 거야."

"진다고 해도 강철이다. 다른 누구도 아니고 강철이란 말이야. 저놈은 최선을 다했어. 그러니까 마지막 죽는 순간을 난 지켜줘야겠다."

"멋있는 놈이야, 넌."

김영호가 눈을 뜨면서 웃었다.

그러자 류광일이 남아 있던 소주병을 들어 올려 입으로 부었다.

벌써 그들 앞에는 빈 소주병이 5개나 가지런히 놓여 있었다.

최강철의 마지막 경기라는 특수성 때문에 다른 때보다 3병이나 더 가져왔지만 벌써 모든 술이 동난 상태였다.

　"아무래도 이번 라운드가 끝일 것 같다. 그러니까 마음 단단히 먹어."

　"너도 그동안 강철이 응원하느라 수고 많았다."

　"수고는 무슨. 저놈 때문에 내 삶이 얼마나 행복했는데. 그저 고마울 따름이지."

　서로를 보면서 둘은 웃음 지었다.

　그래, 그렇다.

　최강철이 사각의 정글에 본격적으로 모습을 드러냈을 때부터 지금까지 그의 경기를 보면서 얼마나 즐거웠던가.

　사람은 언제나 태어난 이상 죽게 되어 있다.

　단지 그 죽음이 얼마나 가치 있는 것이냐는 차이가 있을 뿐, 죽는다는 사실은 변함이 없다.

　그랬으니 처연한 마음으로 친구의 손을 마주 잡았다.

　끝까지 같이한다.

　자신이 사랑한 최강철의 마지막을…….

　　　　　*　　　　　*　　　　　*

　두 눈을 부릅뜨고 아무 말도 하지 못했다.

언제나 기대하던 그 모습 그대로 적을 향해 돌진하는 최강철의 모습을 보면서 김영호와 류광일은 두 눈만 부릅뜬 채 화면을 지켜볼 뿐이었다.

그들뿐만 아니었다.

마지막까지 최강철의 최후를 지켜보겠다며 기다리던 푸른 물결이 급격히 흐느낌 속으로 빠져들었다.

이미 수많은 여자들이 비명과 함께 눈물을 흘리고 있었다.

하지만 남자들의 반응은 여자들과 달랐다.

멋진 최후를 위해 자신의 몸을 불사르는 영웅의 마지막 발악을 보는 듯 그들은 두 주먹을 불끈 쥔 채 비참한 마지막을 맞아들일 각오를 새롭게 했다.

그러던 한순간,

챠베스가 최강철의 공격에 의해 안면을 허용하며 비틀거리는 순간, 푸른 물결이 넘실거리기 시작했다.

패배의 두려움에서 벗어나기 위한 몸부림이었고, 기적을 바라는 간절한 소망과 기도가 담긴 몸짓이었다.

그리고 그 물결은 점점 커지며 파도가 되었고 해일로 변해갔다.

"최강철! 최강철! 힘내라! 힘내!"

"제발, 제발… 조금만 더!"

순간이 영원으로 변하는 순간, 푸른 물결은 거칠게 요동치며 광화문을 들썩이게 만들었다.

지진이 발생한 것은 기어코 최강철의 공격에 의해 챠베스가 쓰러졌을 때다.

모든 사람이 뛰었다.

푸른 물결이 동시에 구르자 광화문 일대가 전부 무너지는 것 같은 진동이 발생했다.

"만세! 만세!"

"허리케인! 허리케인! 허리케인!"

수없이 터지는 기쁨의 함성.

자리를 뜬 사람들이 돌아와 더 큰 푸른 물결을 만들었고, 주변 빌딩을 가득 채운 사람들마저 달려 나와 그 대열에 합류했다.

서로를 끌어안고 눈물을 흘렸다.

최강철의 마지막 승리는 그만큼 극적이고 아름다웠으며 눈물이 나올 만큼 기쁜 것이었다.

김영호도 류광일을 끌어안고 울었다.

진하고 뜨거운 눈물이다.

"크윽! 강철아! 이 새끼야! 고맙다!"

*   *   *

최강철은 레퍼리가 승리를 선언하는 순간 무릎을 꿇고 캔버스를 향해 고개를 숙였다.

이대로 그냥 쓰러져 잠들고 싶었다.

전신에 남아 있던 모든 기운을 쏟아붓고 나자 숨 쉬는 것조차 힘들었다.

"와아! 와아! 허리케인! 허리케인!"

귓가로 들려오는 관중들의 환호성.

그들의 환호성은 그 어느 때보다 크고 격렬했으며 진정이 담겨 있었지만, 최강철은 고개를 들어 그들을 향해 인사를 할 수 없었다.

쿵, 쿵, 쿵!

미친 듯 달려오는 발소리.

당연히 윤성호와 이성일이겠지.

그들은 달려왔지만 쉽게 최강철의 몸을 끌어안지 않고 한동안 호위하듯 그의 주변에 머물렀다.

그런 후 시간이 지나자 이성일이 먼저 숙이고 있던 자신의 머리 쪽으로 대가리를 갖다 대었다.

놈은 자신이 마치 죽기라도 한 것처럼 조심스럽게 코를 킁킁거렸는데, 몸이 벌벌 떨리고 있었다.

"강철아, 너 죽은 거 아니지?"

"…미친놈아, 힘들어 죽겠다."

"크큭, 미친놈은 너다, 이 자식아. 넌 내 친구지만 괴물이 틀림없어. 미친 괴물 말이야. 관장님, 이놈 안 죽었습니다. 걱정하지 마세요."

이성일의 말을 들으며 최강철은 힘들게 고개를 들어 윤성호를 바라보았다.

그는 자신을 바라본 채 눈물을 펑펑 흘리고 있었는데 마치 꿈속을 헤매고 있는 사람처럼 보였다.

"휴우! 훅, 훅!"

목구멍까지 차오른 호흡을 가다듬으며 천천히 허리를 일으켰다.

그런 후 무릎을 꿇은 채 윤성호에게 손을 내밀었다.

"왜 그렇게 바보처럼 울고 있어요."

"강철아, 이놈아!"

윤성호가 허리를 숙여 덥석 최강철을 안았다.

그러고는 본격적으로 오열하기 시작했다.

최강철의 처음과 끝을 같이한 윤성호와 이성일.

두 사람은 지옥 같은 마지막 시합을 준비하며 지금까지 겪어보지 못한 끔찍한 고통의 순간들을 함께했다.

하지만 지금 이 순간의 눈물은 고통 때문이 아니라 무사히 모든 것을 끝냈다는 안도감과 최강철에 대한 고마움 때문에 흘린 것이다.

*   *   *

호흡을 가다듬고 이성일에게 부축되어 자리에서 일어났다.

그는 부축을 받은 채 링을 돌며 관중들을 향해 인사했다.

관중들은 최강철이 탈진한 상태로 쓰러져 한동안 일어나지 않았음에도 자리를 뜨지 않고 그를 기다리고 있었다.

관중뿐만 아니라 중계방송에 참여한 전 세계의 중계진도 이탈하지 않고 지금의 상황에 대해 끊임없이 떠들어댔다.

복싱 역사를 통틀어 유일무이한 위업을 달성한 영웅의 마지막 모습을 놓치지 않기 위해 그들은 최선을 다했다.

최강철이 인사를 할 때마다 관중들은 허리케인을 연호하며 특설 링을 뜨겁게 달궈놓았다.

그를 향해 쏟아지는 별빛.

가장 아름다운 모습으로 곧 링을 떠나는 영웅의 모습을 담아내기 위해 수많은 카메라가 축복하는 광경이었다.

링아나운서는 끈질기게 기다렸다.

이렇게 탈진할 정도로 지친 선수에게는 인터뷰를 하지 않는 게 일반적이었으나, 링아나운서는 복싱 팬들을 위해, 그리고 수많은 언론을 위해 마이크를 놓지 않았다.

그가 다가온 것은 최강철이 관중들에게 인사를 마치고 물을 마신 후 겨우 허리를 폈을 때였다.

"허리케인, 이렇게 인터뷰를 요청하는 저를 용서하십시오.
그러나 나는 당신의 마지막 인터뷰를 절대 포기할 수 없었다
는 것을 이해해 주시기 바랍니다."

"훅훅! 괜찮습니다."

정중한 링아나운서의 멘트에 최강철은 천천히 입을 열며
고개를 흔들었다.

그 역시 마지막 인사를 하고 싶었다는 의사 표현이다.

"먼저 오늘 경기의 승리를 축하드립니다. 상당이 어려운 경
기를 하셨는데, 그 원인이 뭔가요?"

"아시겠지만 저는 체중 조절에 실패했기 때문에 체력 문제
가 발생했습니다. 모든 것이 저의 잘못입니다. 더 열심히 훈련
해서 정상적인 컨디션으로 올라오지 못한 것에 대해 복싱 팬
들께 죄송하다는 말씀을 드립니다."

"그럼에도 기적적인 역전승을 하셨습니다. 마지막에 전혀
새로운 사람처럼 챠베스 선수를 몰아붙여 승리를 거두셨는데
요, 미리 준비한 건가요?"

"아닙니다. 이를 악물고 버티고 버티며 체력을 충전했을 뿐
입니다."

"챠베스 선수에 대해서 한 말씀 해주십시오."

"챠베스 선수는 뛰어난 인성과 실력을 갖춘 사람입니다. 그

는 신이 빚은 복서라는 말이 더없이 어울릴 만큼 압도적인 경기력을 선보였습니다. 저의 마지막 상대가 되어준 챠베스 선수에게 경의를 보냅니다."

"이제 오늘로써 허리케인의 신화가 모두 끝났습니다. 저 역시 슬픈 마음으로 당신을 보내야 하는 아쉬움을 감출 수 없습니다. 허리케인, 복싱 팬들께 한 말씀 해주십시오."

링아나운서가 애잔한 눈빛으로 최강철을 바라보았다.

그는 진심으로 이 순간의 이별이 아쉽고 슬픈 게 분명했다.

그랬기에 최강철은 그에게 가볍게 목례를 한 후 마이크를 잡았다.

"저를 사랑해 주신 복싱 팬 여러분, 저는 오늘로써 제가 걸어온 19년간의 복싱 인생을 마무리하고자 합니다. 그 시간은 저에게 더없이 영광스럽고 자랑스러운 순간이었습니다. 이렇게 여러분과 작별 인사를 할 수 있게 되어 감사할 뿐입니다. 그리고 고국에서 응원해 주신 대한민국 국민 여러분……."

최강철이 영어로 말하던 것을 한국어로 바꾸어 멘트를 시작했다.

그의 목소리는 영어로 말할 때와 달리 차분하게 가라앉아 있었다.

"오늘 저의 마지막 경기를 보면서 많은 실망과 고통을 느끼셨을 것으로 생각합니다. 모두 저의 불찰이었음을 인정하며 죄송스럽다는 말씀을 꼭 드리고 싶습니다. 하지만 국민 여러분, 저는 시합에서 지지 않기 위해 최선을 다했습니다. 여러분과 저, 그리고 대한민국은 결코 지지 않는다는 것을 전 세계에 보여주고 싶었기 때문입니다. 사랑하는 국민 여러분, 이제저는 복싱을 은퇴하지만 더 훌륭한 모습으로 여러분께 인사드릴 수 있게 되기를 바랍니다. 그동안 감사했습니다."

제59장
용이 여의주를 무는 방법

최강철이 만들어낸 기적의 역전승은 또다시 한국 사회를
발칵 뒤집어놓았다.

다가오는 총선으로 인해 언론에서는 연신 정치 분야에 지
면을 할애하고 있었지만, 최강철이 마지막 경기를 승리하는
순간 모든 초점은 한곳으로 몰릴 수밖에 없었다.

아침부터 자정 뉴스까지 메인은 모두 최강철의 몫이었다.

시합 과정은 물론이고 시합 전의 에피소드와 경기를 마친
후 탈진해서 쓰러진 모습, 인터뷰, 숙소로 돌아가기까지의 일
이 전부 속보가 되어 대한민국 국민들에게 알려졌다.

그만큼 그가 만들어낸 승리는 국민들에게 거대한 감동을 선사하고 있었다.

어떤 불가능한 상황에서도 지지 않겠다는 투혼.

단 한 명의 복싱 선수로 인해 국민의 사상과 감정이 달라진 다는 건 불가능에 가까운 일이지만, 그 모든 것이 최강철로부터 현실로 벌어졌다.

19년 동안의 복싱 인생에서 그가 만들어낸 절대 무적의 위업과 투혼, 그리고 상대에 대한 배려와 감동은 하나하나 대한민국 국민들의 가슴속으로 들어와 국민성을 변화시키는 계기가 되었다.

어찌 보면 당연한 일이다.

최강철이 세계 챔피언으로 군림한 7년 동안 대한민국은 그의 경기가 벌어질 때마다 하나로 뭉쳐 축제를 벌였다. 그러니 이런 현상이 벌어지는 건 당연한 일인지도 모른다.

언론이 다시 한번 뒤집힌 건 대한정의당에서 마지막까지 노출하지 않던 종로의 공천 확정자가 발표된 후였다.

그동안 대한정의당은 다른 지역구에서 전부 공천자를 확정했지만, 종로만큼은 후보자를 결정하지 않았기 때문에 갖가지 구설이 난무했다.

종로를 근거지로 가진 4선 의원, 제1야당의 민강호가 워낙 막강했기에 집권당조차 최근에서야 후보를 냈으니 언론에서는 대한정의당이 마땅한 인물을 찾지 못해 발표를 미루고 있다는 분석을 내놓았다.

하지만 막상 뚜껑이 열리자 정치부의 기자들뿐만 아니라 대한민국 언론이란 언론이 전부 뒤집어졌다.

대한정의당이 내놓은 후보가 바로 최근에 기적의 역전승을 이끌어내며 3체급을 석권한 후 은퇴한 국민 영웅 최강철이었기 때문이다.

*　　　　*　　　　*

"최강철이 종로에… 으……."

대한정의당의 발표로 인해 발칵 뒤집힌 건 언론뿐만이 아니었다.

제1야당 역시 충격에 사로잡혀 있었는데, 그 중심에 있는 건 민강호였다.

민강호.

군부 정권의 전신인 민정당 시절부터 보수 우익의 대표 주자로 활동하며 강력한 차기 대통령 후보까지 거론되는 거물 중의 거물이다.

종로에 선거 캠프를 차려놓은 민강호와 지지자들은 뉴스를 보며 충격에 사로잡혀 있었다.

이번 선거도 무조건 이긴다고 자신했다.

집권당에서 힘들게 공천한 후보는 민강호의 상대가 되지 않았고, 난립하는 무소속도 떨거지들에 불과했으니 이번 총선에서 금배지를 다는 건 일도 아니었다.

이번 선거에 당선되면 당 대표에 도전해서 당당히 차기 대권을 노릴 생각이었다.

그랬기에 그의 야망을 알고 있는 수많은 사람들은 스스로 캠프에 참여해 종로 사무실이 인산인해를 이룰 지경이었다.

줄을 서기 위함이다.

민강호가 대권에 성공하는 순간 캠프에 참여한 자들은 전부 정부의 요직이나 공기업의 사장 자리를 꿈꿀 수 있으니 욕망에 눈이 먼 자들이 득실거리는 건 당연한 일이었다.

민강호와 그의 핵심 참모 10여 명이 사무실에 모인 것은 특종으로 터진 언론의 뉴스를 확인한 직후였다.

다른 놈이라면 그 누가 되든 충분히 싸울 수 있으나 최강철이라면 상황이 다르다.

그는 오랜 세월 국민의 영웅으로 불려왔으니 가장 최악의 적이 될 수밖에 없었다.

하지만 민강호는 정치 10단이라 불릴 만큼 노련했고, 측근들 앞에서 자신의 감정을 쉽게 드러낼 정도로 어리석은 자가 아니었다.

그랬기에 최측근인 유종득이 심각한 표정으로 자신을 바라보아도 희미하게 미소를 지을 수 있었다.

  유종득은 현직 대학교수로 민강호의 오른팔 역을 맡고 있는 브레인이었는데, 그에게는 장자방과 같은 존재였다.

  "이봐, 유 교수. 자네 생각은 어떤가?"

  "다른 자들과는 파괴력 자체가 다릅니다, 의원님. 그는 국민 영웅으로까지 불리고 있는 자입니다. 아무래도 특단의 대책을 강구해야 할 것 같습니다."

  "예를 들면?"

  "죽여야지요."

  "어떻게?"

  민강호는 스스로 해답을 내놓지 않았다.

  그는 오직 중심에 존재할 뿐 어렵고 더러운 일은 측근들이 알아서 해결하도록 만드는 묘한 능력을 갖고 있었다.

  그렇기에 그는 수많은 의혹 속에서도 살아남아 여기까지 올 수 있었다.

  "최강철은 복싱만 한 놈입니다. 그런 놈이 정치 1번지 종로에서 정치를 시작한다는 것이 얼마나 웃긴 일입니까. 이건 종로 사람들을 우습게 아는 일입니다."

  "음……."

  "놈을 죽이는 건 여기서부터 시작하면 됩니다. 종로는 보수의 심장과 같은 곳입니다. 놈이 국민 영웅이란 소리까지 들었지만, 종로에서만큼은 의원님이 영웅이십니다. 놈은 정치의 정자도 모르는 철부지에 불과합니다. 아직 한참이나 어린놈이 감히 종로를 상대로 정치를 하겠다고 나서다니요. 저한테 맡겨주시면 그놈 죽일 방법을 강구해 놓겠습니다."

"조심해야 하네. 네거티브는 오히려 역공을 받을 수 있어. 내 말 무슨 뜻인지 알겠지?"

"염려하지 마십시오."

"마음껏 해봐. 하지만 하다가 안 되면 언제든지 발을 빼도록. 놈은 국민들에게 인기가 많은 놈이라서 잘못하면 위험할 수 있네."

"무슨 뜻인지 알겠습니다. 의원님께 절대 누가 되지 않도록 전략을 짜겠습니다."

유종득이 고개를 깊이 숙이며 대답하자 민강호의 얼굴에 쓴웃음이 나타났다.

세상 참 우습다.

정치를 오래하다 보면 의외의 경우가 생기는데 그는 이럴 때마다 자신이 동원할 수 있는 모든 권모술수를 써서 적을 쓰러뜨렸다.

하지만 이번 경우는 거대한 벽에 가로막힌 느낌이 들었다.

최강철.

그 이름 석 자가 주는 무게감이 천근처럼 자신의 어깨를 짓눌렀다.

그럼에도 그는 애써 침착함을 유지하며 측근들을 향해 입을 열었다.

정치의 생명은 스스로 자신감을 잃지 않는 것이고, 따르는 무리에게 찬란한 미래에 대한 환상을 심어주는 것에서부터 시작한다.

그랬기에 그는 가슴속에 가득 찬 불안감을 숨긴 채 측근들을 향해 여유 있는 시선을 보냈다.

"놈이 이곳에 공천을 받았다고 했을 때 잠시 당황했으나 가만히 생각해 보니 그리 큰일이 아닐 수 있다는 생각이 들더구먼. 놈이 국민들에게 영웅 소리를 듣지만, 정치에 들어오는 순간 그건 곧 허상으로 바뀌게 될 거야. 자네들도 알다시피 신성이라 불리던 자들이 정치판에 들어와 얼마나 많이 쓰러졌는가. 놈에게는 조직도, 주민들을 다루는 정치적 능력도 없어. 자네들처럼 지역 주민을 장악한 참모도 없고, 선거에 대한 노하우도 전혀 없는 놈이지. 오히려 잘된 일일 수도 있어. 진정한 강자는 위기를 기회로 삼아 더 높은 곳으로 오르는 법이지. 국민 영웅 최강철을 쓰러뜨리고 대선에 도전한다면 차기 대권은 나에게 자연스럽게 넘어올 거야. 그러니 자네들이 열심히 뛰어주게. 내가 이겨야 자네들이 내각의 수장으로 올라설 것이 아니겠는가."

*   *   *

여소야대.

제1야당의 의석수는 집권당보다 훨씬 많았다.

현재 80여 석에 불과한 집권당이 원활하게 국정을 수행할 수 있는 건 92석이나 확보하고 있는 대한정의당이 긴밀하게 협조해 줬기에 가능했다.

만약 대한정의당이 야당의 입장에서 사사건건 집권당의 발목을 잡았다면 외환위기를 벗어나는 과정에서 수많은 난관에 부딪쳤을 것이다.

그만큼 제1야당은 정부의 정책에 비협조적이었다.

차기 대권을 탈환하기 위해서는 정부의 실정을 물고 늘어져야 했으니 협조라는 단어는 아예 생각조차 하지 않았다.

비록 정권을 빼앗겼지만 아직도 제1야당의 힘은 대단했고, 그 힘의 원천은 보수언론과 영남이란 지역적 연고에서 나왔다.

확실한 지역 기반과 언론을 등에 업은 이상 정권을 재창출하는 건 시간문제라는 것이 그들의 판단이었다.

제1야당이 여의도 당사에 언론을 불러 모은 건 최강철이 종로 출마 발표를 한 지 불과 하루가 지났을 때다.

C일보의 베테랑 정치부 기자 왕정근은 J일보의 마종석을 향해 누런 이를 드러냈다.

지금 브리핑실에는 30여 명에 달하는 각 언론사 정치부 기자들이 득실댔고, 3대 방송사의 카메라도 모두 보였다.

오늘 제1야당이 발표할 폭탄이 뭔지 너무나 잘 알기 때문에 빠진 언론은 거의 없었다.

언론들은 제1야당의 눈치를 볼 수밖에 없었다.

언제 다시 집권할지 모르는 상황에 대놓고 비토를 놓는 건 자살행위이기 때문이다.

"마 기자, 넌 어때?"

"뭐가?"

"넌 너무 음흉한 게 탈이야. 오늘부터 최강철 죽이기가 시작될 텐데 어쩔 생각이냐고?"

"기자의 본분은 충실하게 사실을 국민한테 전달하는 거지. 난 보고 들은 대로 기사를 쓸 뿐이야."

마종석이 빙그레 웃으며 원론적인 말을 하자 왕정근의 눈깔이 뒤집혔다.

역시 구렁이가 열 마리쯤 속에 들어 있는 놈이다.

C일보와 J일보는 제1야당과 밀접한 관계에 있는 보수 언론이었다.

그런 상황이었으니 벌써 오늘 상황에 대해서는 높은 놈들끼리 전부 이야기가 끝났을 것이다.

다시 말해 자신이나 마종석은 펜대 잘 굴려서 비위를 맞춰 주기만 하면 된다는 뜻이다.

그럼에도 그가 뻔한 질문을 한 것은 상대가 워낙 대단한 인물이었기 때문이다.

자칫 제1야당이 불러주는 대로 기사를 썼다가는 국민들로부터 엄청난 질타를 받을 수도 있었다.

"오죽하겠냐. 여우 같은 놈."

"왕 기자, 조심해. 다른 때와는 달라. 괜히 자네 생각을 첨가해서 끌쩍이면 큰일 날 수도 있어. 내 말 무슨 뜻인지 알지?"

"안다."

"잘 생각해. 괜히 윗대가리가 주문한다고 곧이곧대로 썼다가는 정말 한순간에 골로 갈 수가 있으니까."

"야, 씨발. 솔직히 말해서 우리가 이런 일 한두 번 하냐. 뭐가 그렇게 겁이 나는 거야. 국민 영웅이고 지랄이고 기자가 까기 시작하면 아무도 못 말린다고. 제1야당이 그거 해달라고 우릴 부른 거 아니냐. 일을 해야 용돈이 생기지, 일 안 하면 누가 용돈 주겠어?"

"적은 돈에 목숨 걸지 마. 내가 이상한 소릴 들어서 그래."

"어떤?"

"최강철 뒤에 엄청난 배경이 있다는 소문이 있어. 대한정의 당이 그놈을 종로에 공천한 것도 전부 그런 이유 때문이래."

"지랄한다."

"믿고 안 믿고는 네 자유니까 알아서 해. 하지만 웬만하면 노골적으로 까지는 마. 나중에 후회하게 될지도 모르니까."

마종석이 말을 끝내고 고개를 돌리는 순간, 문이 열리며 일 단의 사람들이 나타났다.

제1야당의 주요인물들이 한꺼번에 들어왔는데 원내총무를 비롯하여 중진이 대거 모습을 보였다.

발표를 맡은 것은 권인숙 의원이었다.

그녀는 방송국 앵커 출신으로 벌써 10년 전에 정치에 입문 했는데, 정권이 바뀐 후부터 제1야당의 입장을 대변하는 자리 에서 활동하고 있었다.

"친애하는 국민 여러분, 오늘 저희는 참담한 심정으로 이 자리에 서게 되었습니다. 대한정의당은 정치를 전혀 모르는 최강철 선수를 종로에 공천해서 국민을 모욕하는 만행을 저질 렀습니다. 국민들에게 인기가 높다는 단순한 이유만으로 아 직 시합의 후유증에 시달리는 사람을 공천했다는 것은 대한 정의당이 얼마나 국민 여러분을 우습게 보는지 단적으로 증 명하는 것입니다. 최강철 선수는 복싱 선수이지 정치인이 아닙니다. 대한민국의 정치가 올바르게 발전하기 위해서는 국민을 진정으로 위하는 정치인이 소신을 갖고 국회를 운영해야 된다고 생각합니다. 단순히 국민들에게 인기가 있다고 국회의원이 된다면 이 나라가 어떻게 되겠습니까? 대한민국 국회는 그야말로 정치철학조차 없는 사람들로 가득 차 정상적인 기능을 상실케 될 것입니다. 그렇기에 저희 당은 대한정의당이 최강철 선수의 공천을 철회해 줄 것을 정중하게 권유드리는 바입니다. 정치는 아무나 하는 게 아닙니다. 탁월한 식견으로 나라를 이끌어갈 수 있는 능력 있는 정치인이 국가에 봉사할 수 있도록 해줘야 합니다. 대한정의당은 이런 사실을 결코 잊지 말아주시길 부탁합니다."

*   *   *

제1야당의 성명서는 기사화되어 동시에 전국으로 퍼져 나갔다.

최강철에 관한 어떤 기사도 특종이었으니 언론이 이런 기회를 마다할 리 없었다.

차이가 있다면 기사를 내는 온도가 극히 다르다는 것이다.

보수 언론은 제1야당의 성명서에 적극 호응하며 최강철의 정치 입문에 대해 부정적인 반응을 보였지만, 대다수의 언론은 단순한 사실만 보도했다.

제우스가 발 빠르게 움직였기 때문이다.

제우스는 이제 사회 전반에 막강한 영향력을 행사하고 있었는데, 보수 언론을 제외한 대부분의 언론이 그들의 뜻대로 움직일 정도였다.

돈은 귀신도 움직인다는 진리와 국정원에 비견될 정도의 정보력을 갖춘 제우스의 힘은 시간이 지날수록 점점 거대해져 가고 있었다.

신규성이 제우스의 사무실을 찾은 것은 제1야당의 성명서로 인해 전국이 발칵 뒤집어졌을 때다.

최강철의 선거 대책 본부장은 김도환이었으나 신규성의 역할도 그에 못지않았다.

"김 사장님, 회장님은 언제 들어오신다고 합니까?"

"어제 통화해 봤는데 일주일 후에 들어오신다는군요. 아직 몸이 회복되지 않은 모양입니다."

"휴우, 큰일이군요. 놈들이 점점 더 크게 압박을 가해올 텐데 자리를 비우고 계시니……."

"왜요? 걱정되십니까?"

"당연하죠. 정치인들은 온갖 감언이설에 능하다고 들었는데 하는 짓을 보니 정말 귀신같은 자들입니다. 이제 포문을 연 이상 아마 회장님에 관한 별별 소문을 전부 가져다 우려먹을 겁니다. 제가 아는 사람을 통해 들어보니 아이를 미국에서 낳은 것도 시비를 걸 모양이더군요."

"하하하, 그자들이 오죽할까요. 하지만 신 사장님, 걱정하지 마십시오. 회장님이 무조건 이깁니다. 욕심을 부린다면 당장 대통령 자리에도 오를 수 있는 분입니다. 하물며 그까짓 종로 의 국회의원이 대수겠습니까."

＊   ＊   ＊

제1야당의 공세는 시간이 갈수록 점점 더 심해졌다.

최강철로 인해 그들이 느끼는 체감 지수가 그만큼 컸기 때문이다.

대한정의당에 최강철이 입당하며 이전 총선을 완패한 경험이 있다. 그래서 제1야당은 총력을 기울여 그를 제거하는 데 당력을 집중했다.

이전 선거에선 100여 석을 얻으며 가장 많은 의석수를 확보 했지만, 영남과 강원, 수도권에서 대한정의당에 패한 지역구가 한둘이 아니었기에 그들은 최강철 효과를 최소화하기 위해 공세를 멈추지 않았다.

지금은 집권당이 아니라 대한정의당이 그들의 최대 적이었다.

〈최강철 아들, 미국에서 출산. 과연 그가 미국을 선택한 이유는?〉

〈최강철의 미국 영주권, 과연 공인으로서 바람직한 것인가?〉

〈최강철 둘째 형, 도박중독 전력. 누나들은 탈세?〉

별별 의문이 끊임없이 제기되었다.

거기에 서울대학교를 졸업했지만 복싱으로 인해 학업을 등한시했음에도 평균 성적 A를 받았다는 의혹을 제기했다. 또한 등재된 재산 내역이 불투명하다며 세부적으로 공개하라고 압박을 가해왔다.

최강철은 재산을 830억으로 신고했는데 은퇴 경기에서 받은 파이트머니와 한국에 있는 부동산 등을 합한 금액이다.

마이다스를 통해 투자된 천문학적인 자산이 전부 빠진 것은 대통령이 먼저 전화를 걸어와 사실대로 등재할 필요 없다고 조언을 해왔기 때문이다.

대통령은 최강철의 재산 공개로 비룡과 피닉스조선, 피닉스중공업에서 극비리에 개발되고 있는 전략무기마저 노출될까 염려한 것이다.

대통령이 알아서 가려운 부분을 긁어준 이상, 재산 때문에 고민할 이유가 없었다.

그도 자신의 정체가 온 천하에 까발려지는 건 원하지 않았다.

그가 장차 해나가야 할 일들을 생각한다면 어둠 속에 숨어 있는 것이 훨씬 유리했다.

계속되는 의혹 제기에 언론은 잔칫집 분위기였다.

보수 언론들은 물 만난 고기처럼 활개를 치며 최강철을 씹어댔고, 다른 언론들도 비난은 하지 않았지만 제1야당의 주장을 연일 기사로 내보냈다. 그 때문에 국민들은 온종일 최강철에 관한 뉴스를 볼 수밖에 없었다.

이상한 건 최강철은 물론이고 대한정의당이 그들의 의혹에 일절 대응하지 않았다는 것이다.

*   *   *

"지영 씨, 이제 가야 해."

아들을 품에 안은 최강철이 서지영을 바라보며 부드럽게 입을 열었다.

아직도 그의 얼굴은 붓기가 다 가라앉지 않아 찐빵처럼 부풀어 올라 있었다.

시합이 끝난 지 불과 10일 지났을 뿐이지만 선거 때문에 더 이상 미국에서 머무를 수가 없었다.

"그거 정말 해야 해요?"

"응."

"난 아직도 이해할 수 없어요. 당신이 왜 그런 걸 해요. 정치하는 사람들은 끝이 좋지 않잖아요?"

"욕심을 부렸기 때문이지. 그들 대부분은 국가와 국민을 위해 일하는 것보다 잿밥에 관심을 두고 불법을 저지른 사람들이야. 텔레비전에서 고개를 수그린 채 나오는 정치인들은 전부 돈 때문에 수갑을 찼어. 하지만 난 그럴 일이 없잖아. 그래서 하려는 거니까 염려하지 마."

"그래도……."

"우리 지영 씨, 그러다 울겠다."

최강철이 웃으며 아들의 손을 잡았다.

이제 6개월이 된 최정후는 아빠의 얼굴이 신기한지 고사리 같은 손으로 최강철의 얼굴을 만지고 있었다.

그 손을 잡아 뽀뽀를 해주자 아들의 얼굴에서 해맑은 웃음이 솟아났다.

서지영이 최정후를 안아 든 것은 정철호가 짐을 가지고 나가기 위해 집으로 들어왔기 때문이다.

"강철 씨, 나도 다음 주에 들어갈게요."

"아니야. 선거 끝나고 들어와도 돼. 어차피 선거 끝날 때까지는 정신없이 움직여야 할 테니까 여유 있게 들어와."

"싫어요. 당신과 떨어져 있고 싶지 않아요. 그리고 나도 도와야죠. 남편이 선거에 나서는데 내조를 해야 하잖아요."

"당신 내조는 우리 아들과 행복하게 보내는 거야. 그러니까 내 말대로 하세요."

"정말 그래도 돼요?"

"옆에 있으면 내가 일을 못 해. 당신하고 우리 아들 보고 싶어서 선거운동조차 제대로 하지 못할 거야."

"음, 알았어요."

서지영이 어쩔 수 없다는 듯 고개를 끄덕였다.

그 모습에 최강철이 빙그레 웃으며 천천히 다가가 그녀의 볼에 키스를 했다.

"우리 지영 씨, 너무 보고 싶으면 허벅지 꼬집으며 참을게."

"우씨, 그러니까 따라간다고 하잖아요!"

"하하하, 나중에 봐."

밝게 웃으며 최강철이 몸을 돌렸다.

이미 문밖에는 정철호를 비롯해 5명의 경호 팀이 그가 나오기만을 기다리고 있었다.

은퇴를 했지만 그는 여전히 지구상에서 가장 커다란 슈퍼스타였다. 지금쯤 한국으로 돌아가는 그를 취재하기 위해서 수많은 기자가 공항을 잔뜩 메우고 있을 것이다.

*　　　　*　　　　*

"강철이가 들어온다며?"

"그런다네."

"시합 끝난 지 얼마 안 됐는데 그놈 괜찮은지 모르겠네. 이번 시합이 너무 힘들어서 많이 다쳤을 텐디 말이여."

"선거 때문에 할 수 없이 들어온다잖아요."

"그깟 선거는 무신. 그냥 있으믄 될 텐디."

종로에서 식당을 하고 있는 김 씨와 동네 슈퍼를 운영하는 서 씨는 맥주를 마시며 이야기를 나눴다.

두 사람은 가게가 앞뒤로 붙어 있어 시간이 날 때마다 맥주를 마시는 사이였다.

"그게 쉽지가 않은 모양입디다. 민강호 애들이 작정을 하고 뛰어다녀요. 당에서도 최강철을 죽이기 위해 안달이고요."

"미친놈들."

"정치는 해본 사람이 해야 한다며 사람들을 독려하고 있어요. 이번에 밀어주면 민강호가 차기 대통령 후보로 나설 거라며 종로를 위해서라도 반드시 민강호가 돼야 한대요."

"지랄한다. 그런 놈이 지금까정 종로를 위해 한 게 뭐여. 맨날 국회에서 쌈박질이나 했으믄서. 웃기지 말라고 혀."

"성님, 성님은 최강철이 찍을 겁니까?"

"당연하지. 난 강철이 팬이여."

"잘할까요?"

"갸가 복싱만 한 게 아녀. 번 돈으로 전부 고아원 맹글어서 운영하고 돈 없는 애들 장학금도 줬다니께. 이번에는 양로원도 시작했다더라. 갸는 천사여."

"그거야 그렇지만 처음 정치하는 거잖아요."

"야, 지금 국회의원 놈 중에서 처음부터 정치한 눔이 어디 있어. 전부 윗대가리한테 잘 보여서 발 담근 거지. 안 그려?"

"그건 그렇죠."

"국회의원 이놈들은 말여, 선거 때만 되면 국민을 하늘같이 모신다고 지랄하믄서 막상 되고 나면 거들먹거리느라 정신없다닝께. 그 뭐시여, 누가 그러는데 선거에서 쓴 돈 때문에 그거 되찾느라 온갖 지랄들을 다 한다더라. 적어도 강철이는 그런 짓은 안 할 겨. 암, 우리 강철이는 그런 짓을 할 눔이 아니지. 번 돈도 없는 사람들을 위해 다 쓰는 마당에 제 주머니를 챙기겄어?"

김 씨가 고개를 주억거리며 확신에 찬 표정을 지었다.

하지만 서 씨는 여전히 걱정스러운 얼굴을 펴지 못했다.

"나도 그렇게 생각하는데 다른 사람들은 그렇게 생각하지 않는 모양이에요. 여긴 민강호가 워낙 터를 오래 잡아놔서 인기가 많다니까요. 더군다나 민강호 측이 제시한 의혹에 대해서 강철이가 아무런 해명을 안 하니까 점점 분위기가 안 좋아지고 있어요."

"걱정하지 마러. 내가 다 해명해 줄팅게. 생각해 봐. 친정이 미국인디 그럼 애를 어디서 낳는단 말이여. 그리고 왜 꺼득하믄 형, 누나 야그를 꺼내는 겨? 그 사람들이 무슨 짓을 했든 그게 강철이랑 무슨 상관이 있다고 지랄이여 지랄이!"

"그렇긴 한데……."

"야, 이번엔 무조건 강철이여. 니가 어디서 무신 소리를 듣고 왔는지 모르겠지만, 저기 치킨집 정 씨, 신발 집 이 씨, 옷 가게 유 씨 아줌마까정 전부 강철이 편이여. 강철이가 안 되믄 이번 선거는 무효다. 우리가 강철이 때문에 그동안 을매나 행복했는데 강철이를 안 찍겄어. 난 강철이가 살인을 했어도 강철이 찍을 거다."

*   *   *

최강철.

그 이름이 갖는 파괴력은 공항에서 다시 나타났다.

뒤늦게 귀국한 그를 맞이하기 위해 공항은 인산인해를 이루었는데, 그가 모습을 드러내자 사람들이 열화와 같은 환호성을 보냈다.

그가 입국하면서 그동안 제1야당이 그토록 강하게 밀어붙이던 의혹들이 순식간에 사라져 갔다.

일부 보수 언론이 집요하게 물고 늘어졌으나 이미 사람들의 관심은 아직도 부은 얼굴로 귀국한 최강철의 일거수일투족에 모두 쏠려 있었다.

그가 하는 어떤 일도 특종이 되었다.

마지막 시합에서 보여준 불굴의 승리가 아직도 국민들의 가슴에 진한 감동으로 남아 있었기에 국민들은 최강철이 화면에 나올 때마다 시선을 떼지 못했다.

제1야당과 보수 언론의 네거티브 전략은 최강철이 입국하면서 된서리를 맞기 시작했다.

인터넷에서는 최강철에 대해 의혹을 제기하는 언론과 제1야당의 행태에 대해 비난이 쇄도했다. 여기서 더 계속하면 제1야당의 당사와 언론사까지 폭파시킬 분위기였다.

＊   ＊   ＊

최강철이 제우스에 나타난 것은 입국한 다음 날이었다.

사무실에는 그의 최측근인 신규성과 김도환이 기다리고 있었는데, 그들의 손에는 꽃다발이 들려 있었다.

"이게 뭡니까?"

"은퇴를 축하하는 선물이죠. 너무 늦었지만 꼭 해야 될 것 같아서요."

"하하, 고맙습니다."

최강철이 웃으며 그들이 전해준 꽃다발을 받았다.

그러고는 천천히 소파에 앉으며 주변을 둘러봤다.

그사이 김도환의 사무실은 전쟁터로 변해 있었는데, 여기저기 선거와 관련된 서류와 벽보가 어지럽게 널려 있었다.

"이게 다 뭡니까?"

"뭐긴요. 회장님 선거 준비하느라 그런 거죠."

"고생 많으셨네요. 그래, 지금은 어떻게 진행되고 있나요?"

"전화로 말씀드린 대로……."

김도환이 지금까지 진행된 상황에 대해 천천히 설명해 나갔다.

제1야당과 민강호의 네거티브 전략, 여론의 흐름, 그리고 언론에 대한 대한정의당과 제우스의 대응, 향후 공식 선거 일정에 맞춘 선거 전략에 관한 것이었다.

대부분 제우스의 선거 준비 팀에서 분석하고 진행한 것이었는데 그 계획이 너무나 주도면밀했다.

"이제 7일 후부터 본격적인 공식 선거 일정이 시작됩니다. 공식 선거운동 기간은 13일이고요, 여기 회장님이 움직일 스케줄을 잡아놨으니 보시죠."

"정신없군요. 이 많은 곳을 가야 한단 말입니까?"

"선거가 그리 쉬운 줄 아셨습니까. 이것도 줄이고 줄인 거예요."

최강철이 황당한 표정을 짓자 김도환이 입술을 삐죽였다.

그들이 입수한 민강호의 유세 장소는 최강철보다 배는 더 많았기 때문이다.

"그럼 공식 선거일 전에는 쉬어도 되는 거죠?"

"어허, 쉬긴 뭘 쉬어요. 할 일이 얼마나 많은데."

"무슨 일이요?"

"텔레비전에 나가 얼굴도 비춰야 하고 언론과 인터뷰도 해야죠. 이미 회장님에 대한 자원봉사자가 500명이 넘었습니다. 그분들한테 정식으로 인사도 해야 하고 이젠 때가 되었으니 회장님에 관한 의혹까지 전부 풀어줘야 합니다. 국민들이 말은 안 하지만 궁금해하거든요."

"사람들 앞에 나가려면 열심히 얼굴 마사지부터 해야겠네요."

"괜찮아요. 회장님은 잘생겨서 빵빵하게 부어오른 그 얼굴도 충분히 먹힐 겁니다."

                    *   *   *

최강철이 움직이기 시작한 것은 선거를 20일 남기고부터였다.

제일 먼저 대한정의당 당사를 찾은 최강철은 수뇌부를 대동하고 공식적으로 총선 출마에 대한 출정식을 가졌다.

이례적인 일이었으나 대한정의당의 수뇌부는 조금도 망설이지 않고 최강철의 뒤에 서서 출정식이 끝날 때까지 자리를 지켰다.

그 자리를 통해 최강철은 자신의 의혹에 대해 일일이 해명했다.

사정상 미국에서 출산했지만 자기 아들은 한국 국적을 가졌다는 것과 은퇴 경기를 끝으로 미국 영주권을 포기한 사실도 밝혔다.

그리고 가족에 대해서도 하나씩 열거하면서 의혹을 해결해 나갔다.

자신의 형은 15년 전에 고스톱으로 20만 원을 잃은 후 더 이상 도박에 손대지 않고 성실하게 살고 있다는 것과 누나들의 세금 포탈은 과표 단순 과실에 의해 7만 원이 납입 지연되었을 뿐이라는 것 등이다.

최강철이 직접 밝힌 해명은 출정식에 참석한 수많은 언론에 의해 국민에게 전달되었다.

그냥 전달된 것이 아니라 이미 언론에서 가지고 있던 자료가 합해져 완벽한 증거까지 제시되었는데, 언론은 마치 이때를 기다린 것 같았다.

국민들의 반응은 뜨거웠다.

국민 영웅인 최강철이 그동안 해온 봉사와 희생을 감안했을 때 의혹에 관한 것은 아예 믿지도 않았다며 제1야당과 보수 언론을 다시 한번 두들겨 팼다.

그날 이후로 최강철은 주기적인 언론과의 인터뷰를 통해 자신의 정치철학에 대해 이야기했다.

정의로운 나라의 건설, 오직 국민과 국가를 위해 일하겠다는 포부를 밝혔다.

그리고 본격적으로 공식 선거 일정이 시작되면서 드디어 그는 종로 구민들을 향해 움직이기 시작했다.

                    *   *   *

공식 선거운동이 시작되자 민강호는 화려하게 포문을 열었다.

종로를 근거로 무려 4선에 성공했고 차기 대선주자라는 프리미엄을 지녔기에 그를 돕는 자들은 부지기수였다.

인맥과 조직, 그리고 자금력이 뛰어났다.

민강호는 종로에 있는 사거리란 사거리에 전부 홍보 부스를 설치하고 아르바이트생들을 동원해 율동과 춤, 그리고 노래를 선보여 사람들의 시선을 잡아끌었다.

더불어 제1야당의 간판답게 당 차원의 지원도 대단했다.

당 대표는 물론이고 당의 수뇌부가 전부 동원되어 종로를 찾았는데, 반드시 이곳을 수성해야 한다는 의지를 보여주고 있었다.

그만큼 종로가 이번 선거에 미치는 영향은 컸기에 제1야당 은 전력을 다해 민강호를 도왔다.

지금 이대로의 기세라면 천하의 최강철이라 해도 충분히 이 길 수 있을 것 같았다.

           *   *   *

최강철은 자신의 사진과 이름이 적힌 벽보를 한참 동안 바 라보다가 천천히 유세장으로 향했다.

그의 나이 37살.

이제 정치에 입문해서 경륜을 쌓아야 할 나이였으나 곧바 로 국회의원에 도전했으니 적들에겐 호적등본에 잉크도 마르 지 않았다는 소릴 들을 만했다.

그러나 최강철은 자신의 나이에 대해 전혀 상관하지 않았 다.

나이가 많다고 해서 정치를 잘한다면 국회에 전부 노인네 들을 데려다 놔야 할 것이다.

사람들에 둘러싸여 유세장으로 들어서자 어마어마한 인파
가 몰려 있는 것이 보였다.

이번 유세장은 호원중학교 운동장이었는데, 사람들로 가득
차서 도로까지 밀려날 지경이었다.

옛날이라면 몰라도 최근 들어 국회의원 선거에서 이런 광경
은 본 적이 없다.

유세장에 오는 사람들은 대부분 총선에 출마한 사람들의
지지자가 대부분이기 때문에 운동장의 절반을 채우기도 어려
웠고, 그마저 한 사람씩 유세가 끝날 때마다 우르르 사라졌
다. 결국 마지막엔 텅 빈 운동장에서 유세하는 목소리만 공허
하게 맴돌 뿐이었다.

하지만 오늘은 달랐다.

최강철을 보기 위해 몰려든 사람들의 숫자는 대충 봐도
5,000명을 훌쩍 넘었고, 거의 모든 언론사가 취재를 하기 위
해 달려왔다. 그 때문에 호원중학교는 인산인해를 이루었다.

제일 먼저 유세를 시작한 집권당 후보부터 현 국회의원인
민강호, 다른 후보들은 정해진 시간을 전부 활용하여 종로의
발전에 대해 침을 튀겼다.

국회의원이 되면 종로가 더 잘살 수 있도록 갖가지 정책을
추진하겠다는 각오를 새기며 자신을 지지해 줄 것을 간절히
호소했다.

하지만 최강철은 그렇게 하지 않았다.

그는 자신의 차례가 오자 단상에 올라 이렇게 말했다.

"종로 구민 여러분, 저는 정치를 시작하겠다는 마음을 가지며 이런 생각을 했습니다. 우리나라 정치는 왜 아직도 한심한 수준에 머물고 있는 것일까. 과연 우리나라의 정치를 한 단계 더 발전시키기 위해서는 어떤 일을 해야 할까 고민했습니다. 국회의원은 단순히 지역구를 위해 일하는 사람이 아닙니다. 국가와 민족을 위해 자신의 한 몸을 과감히 희생할 수 있는 사람만이 진정한 자격이 있다고 생각합니다. 종로 구민 여러분, 사대주의가 뭔지 아십니까? 사대주의는 자신보다 강한 자를 숭배하고 따르는 썩어빠진 정신을 말합니다. 저는 정치를 시작하면서 절대 사대주의의 달콤함에 빠져들지 않겠다고 다짐했습니다. 싸우겠습니다. 강한 자들을 향해 옳은 일을 주장하고, 그들의 압박에 견디며 국가와 민족을 위해 일하겠습니다. 배고프고 가난한 사람들, 힘없는 노동자들, 오랜 세월 동안 고통받아 온 서민들, 그리고 대한민국을 사랑하는 국민 여러분을 위해서라면 몸이 부서지는 한이 있더라도 싸울 것입니다. 이것이 저와 대한정의당이 추구하는 정치의 모습입니다. 종로 구민 여러분, 그리고 대한민국을 사랑하는 국민 여러분, 정치를 바꿔야 합니다. 당리당략을 위해, 자신의 안위를 위해 불법과 비리를 저지르는 정치는 반드시 사라져야 합니다. 저를 국회에 보내주신다면 그 선봉에 제가 서겠습니다. 선거 때만 국민을 모시는 국회의원이 아니라 진정으로 봉사하는 국회의원의 참모습을 보여 드리겠습니다. 감사합니다."

연설이 끝난 후 잠깐 정적을 유지하던 사람들의 입에서 벼락같은 연호가 터져 나왔다.

"허리케인! 허리케인!"

5,000명에 달하는 사람들이 한꺼번에 내지르는 함성.

마치 경기장에 들어온 관중처럼 그들은 최강철을 향해 끝없이 함성을 보내고 있었다.

*   *   *

최강철은 민강호의 끊임없는 네거티브 전략에 대응하지 않았다.

그의 더러운 전략에 맞서 싸우면 똑같이 개똥밭에서 뒹굴수밖에 없기 때문이다.

최강철과 대한정의당 후보들은 다른 정당과 완전히 차별화되는 전략을 수립해 총선의 판도를 이끌어 나갔다.

단순히 출마 지역의 작은 일에서 머무는 것이 아니라 대한민국이 추구하는 커다란 정책들을 개선해 나가겠다고 약속했다.

대학입시 제도, 병역제도, 기업의 발목을 잡고 있는 규제 방안, 외국 자본의 투자 유치, 대통령 중임제 등 대한민국에 산재되어 있는 문제점들을 반드시 해결하겠다는 각오였다.

　신선함.

　국민들이 받아들이는 대한정의당의 행동은 신선함 그 자체였다.

　하지만 거부감을 가진 사람도 많았다.

　오랜 세월 국회의원 선거 때마다 뭔가를 얻어오던 사람들은 대한정의당이 내세운 국가 발전 전략에 대해 냉소를 보냈다.

　　　　　*　　　　　*　　　　　*

　최강철이 가는 곳마다 몰려든 인파로 인해 차량 정체가 일어났다.

　그만큼 최강철이란 존재는 대중에게 엄청난 영향력을 갖고 있었다.

　종로 구민들의 최강철에 대한 사랑은 각별했다.

　다른 출마자들이 목이 터져라 소리를 질러도 꿈쩍하지 않던 사람들이 최강철만 움직이면 환호를 지르며 몰려들었다.

　이곳에서 4선을 지낸 민강호는 물론이고 5명이나 되는 출마자들은 그런 현상을 보며 아예 고개를 절레절레 흔들었다.

국민 영웅이라 불리지만 막상 선거판에 들어서면 다른 결과가 나올 것이라 기대했다.

정치는 사람들의 야망, 이익, 호의, 증오 등 모든 것이 담겨 있는 괴물이었으니 최강철이 지닌 복싱 영웅이란 단순한 사랑과 환상 정도는 깰 수 있다고 생각했다.

하지만 시간이 지날수록 사람들의 사랑과 환상은 그 정도가 점점 심해져 이젠 어떻게 해볼 도리조차 없었다.

거기에 정치 초년병이기 때문에 조직과 인맥 쪽에서 상대가 안 될 것이란 판단도 완벽하게 빗나갔다.

총선을 맞아 최강철을 돕기 위해 몰려든 이의 숫자가 1,000명을 훌쩍 넘었다.

엔젤 재단에서 성장해 성인이 된 청년과 대학생이 주축이 되었고, 서울대 경영학과 동문회에서도 그를 돕기 위해 적극적으로 나섰다. 그리고 사회 각계각층의 유명 인사들이 거의 매일 찾아와 지원 유세를 했기 때문에 종로는 최강철의 지지자들이 입은 파란 옷으로 넘쳐났다.

가히 압권이다.

어디에도 최강철이 있는 것 같았다.

단순히 아르바이트를 하기 위해 온 사람들이 아니었으니 최강철을 부르짖는 목소리와 행동에 진심이 담겨 지나가는 사람들의 발걸음을 자연스럽게 붙들었다.

정우석을 비롯하여 정치권, 그리고 전문가들이 걱정하던 당초 예상과 완벽하게 다른 최강철의 일방적인 페이스였다.

＊　　　　＊　　　　＊

민강호는 측근들과 함께 저녁을 먹고 선거 캠프에 모였다.

지치고 나른한 모습.

정치에 들어선 후 민강호의 이런 모습은 처음이다.

한편으로는 넋이 나간 것처럼 보였고, 한편으로는 너무 지쳐 힘이 하나도 없어 보였다.

언제나 개기름이 흐르던 얼굴도 초췌하게 변해 있었다.

그만큼 현재의 선거 판세는 뒤집을 수 없을 정도로 불리해진 상태였다.

공식 선거운동 직전에 발표된 조사에서 자신은 최강철보다 11% 뒤진 27%였으나, 시간이 지날수록 그 격차가 현저하게 벌어지는 것이 느껴질 정도였다.

이대로라면 선거는 해보나 마나였다.

그는 앞에 앉은 유종득과 측근들을 향해 여전히 침착한 표정으로 입을 열었다.

"그동안 수고했어."

"아직 선거는 안 끝났습니다."

"물론 안 끝났지. 하지만 미리 미련을 버리는 사람은 그만 큼 마음이 편해진다네. 그러니 자네도 그만 편하게 생각해. 우린 최선을 다했잖아."

"의원님!"

유종득의 표정이 마치 울 것처럼 변했다.

그도 안다. 지금의 상황이 무척이나 어렵다는 것을.

그럼에도 인정하고 싶지 않았다.

민강호는 동아줄이었고, 대권을 잡는 순간 그의 인생을 활 짝 피워줄 발판이었다.

최선을 다했다.

그러한 꿈이 현실로 다가온다는 것을 느꼈기에 그 누구보 다 열심히 일했다.

최강철만 아니었다면, 최강철······.

하지만 민강호의 얼굴을 보자 더 이상 말이 나오지 않았다.

민강호의 얼굴은 이미 체념으로 가득 차 있었는데, 지그시 눈을 감고 있는 게 마치 모든 것을 포기한 것처럼 보였다.

"이봐, 유 교수. 나는 이런 선거는 처음이야. 유세를 다니면서 계속 느꼈지만, 마치 철벽에 부딪힌 느낌이 들더군. 정치 생활 20년 동안 아무리 어려운 상황이 닥쳐도 버티고 이겨냈지만, 이 번만큼은 어쩔 수가 없다는 생각이 들어. 자넨 안 그랬나?"

"…그렇습니다."

"다시 한번 느끼지만 최강철은 단순한 복싱 선수가 아니야. 우리는 놈이 영웅이란 걸 애써 외면하고 싶어 한 것 같아. 지금 생각해 보니 최강철은 복싱 때문에 영웅 대접을 받고 있는 게 아닌 모양이야. 국민들은 그가 해온 일을 잊지 않고 있었어. 다른 사람을 위해 아낌없이 희생하는 그의 마음을 말이야. 그걸 알고 나니 내가 얼마나 하찮은 사람이었는지 알겠더군. 내 정치 인생은 국민과 국가를 위해 일한 게 아니라 나와 당을 위해서 일한 것이었어. 종로 구민들은 그걸 이미 알고 있고."

"아닙니다. 의원님 잘못이 아닙니다. 만약 이번에 실패하더라도 다시 재기하시면 됩니다. 의원님은 국가를 위해 일하셔야 될 분입니다."

"날개 잃은 독수리는 살아도 산 게 아닐세. 괜히 다시 날아보겠다고 몸부림치는 순간 병신이 되는 법이지."

"의원님!"

"나는 이제 정계 은퇴를 할 생각이야. 이렇게 허망하게 끝나는 것이 안타깝지만, 그렇다고 남아서 유령처럼 살고 싶지는 않아. 그동안 정말… 고마웠네. 자네들을 끝까지 챙기지 못해서 미안할 뿐이야."

　　　　*　　　　　*　　　　　*

　다음 날.

　총선의 결과가 나온 것은 밤 9시가 지나기 전이었다.

　종로는 전국 지역구 중에서 가장 빨리 당선 확정이란 문구를 내보냈는데, 총 유효 투표수의 65%를 개봉했을 때 이미 최강철의 승리가 확정된 상태였다.

　최종 득표율은 무려 63%로 나머지 출마자 전부를 합한 수치보다 월등히 많았다.

　최강철은 자신의 선거 캠프에서 당선 확정 소식을 들은 후 기쁨으로 격렬하게 축하를 해온 신규성과 김도환, 그리고 지지자들의 손을 일일이 붙잡았다.

　마치 모든 언론사가 최강철의 선거 캠프에 몰려든 것 같았다.

　그들은 최강철의 승리가 확정되는 순간 미친 듯이 플래시를 터뜨리며 역사적인 순간을 화면에 담느라 정신이 없었다.

　"후보자님, MBC의 정은혜 기자입니다. 먼저 당선을 축하드립니다."

　"감사합니다."

　"막강한 상대자인 민강호 의원을 누르고 국회의원에 당선되었습니다. 소감 한마디 해주세요."

정은혜가 묘한 시선을 보내며 마이크를 앞으로 내밀었다.

그녀는 국회의원에 당선된 사람을 인터뷰하기 위해 온 게 아니라 잘생긴 연예인을 취재하는 듯 얼굴을 발갛게 물들이고 있었다.

"오늘 저의 당선은 국민 여러분이 그만큼 새로운 정치를 원했기 때문이라고 생각합니다. 선거에 임하면서 누차 말씀드린 것처럼 저는 강한 자에게 아첨하고 굴복하는 사대주의를 타파해서 새로운 대한민국을 건설하기 위해 최선을 다할 것입니다. 저를 선택해 주신 종로 구민 여러분께 감사드리며 반드시 실망시키지 않는 일꾼이 될 것을 약속드립니다."

*　　　　*　　　　*

총선 결과는 대한정의당의 압승으로 나타났다.

대한정의당은 집권당과 다수당이던 제1야당을 완벽하게 제치고 무려 123석을 차지했다.

호남을 근거지로 삼은 집권당은 83석, 영남이 배경인 제1야당이 87석, 무소속이 6석이었다.

이번 총선의 특이점은 예전처럼 대한정의당이 지역감정을 타파하면서 호남과 영남에서 상당수의 의석을 확보했고, 수도권과 서울에서 압도적인 승리를 이끌어냈다는 것이다.

총선에서 승리한 대한정의당은 당선자들을 전부 여의도 당사로 불러들여 정우석 대표 주재하에 축하 만찬을 가졌다.

압도적인 다수당이 되면서 정국을 이끌어갈 힘을 얻게 되자 대한정의당은 온통 축제 분위기였다.

최강철은 만찬의 중심에서 움직였다.

이번 선거의 핵심인 종로에서 승리했다는 점도 있었지만, 정우석 대표를 비롯해서 당의 핵심 수뇌부가 그의 주변에서 떠나지 않았기 때문이다.

최강철이 움직이면 수뇌부가 따랐기에 그의 발걸음에 따라 무리가 움직였다.

당연한 일이었다.

이 중 상당수가 누구의 지원 아래 자신이 당선되었는지 모르지만, 수뇌부를 비롯해서 핵심 인사들은 지금의 결과가 최강철로 인해 얻은 것이라는 걸 너무나 잘 알고 있었다.

그럼에도 최강철은 당선자들과 인사하며 겸손함과 정중함을 잃지 않았다.

자신의 힘을 내세울 생각은 추호도 없었다.

이들은 자신의 수하가 아니라 같이 자랑스러운 대한민국을 일궈 나갈 소중한 동료들이었다.

행사를 실질적으로 준비한 이석환 의원이 최강철이 있는 곳으로 헐레벌떡 달려온 것은 만찬이 거의 끝을 향해 달려가고 있을 때였다.

"최 의원님, 사무실로 전화가 왔습니다! 대통령이십니다!"

      *   *   *

"뭐랍니까?"

수화기를 내려놓자 당 대표인 정우석이 심각한 표정으로 물어왔다.

사무실에는 최강철을 따라 정우석과 원내총무인 서정욱이 들어와 있었다.

"축하 인사였습니다. 그리고 내일 청와대에서 저를 보자고 하는군요."

"청와대로요?"

"그렇습니다."

"이유는요?"

"그냥 들어와 달라고 하셨습니다."

"그러는 게 어디 있습니까. 최 의원은 이제 일반인이 아니에요. 일국의 국회의원이란 말입니다. 아무리 대통령이라 해도 국회의원을 보자고 할 때는 당연히 이유를 밝혀야 하는 겁니다."

정우석의 언성이 올라갔다.

하지만 목소리만 높아졌을 뿐 음성에는 힘이 없었다.

대통령이 그걸 몰라서 그냥 들어와 달라고 말했을 리가 없기 때문이다.

정치 10단인 대통령이 최강철을 보자고 했을 때는 그만큼 중요한 사안이 있다는 걸 의미한다.

"대표님, 그분이 무슨 말씀을 하는지 일단 만나서 들어보겠습니다. 당사에 계시면 제가 나오는 대로 보고드릴 테니 기다려 주십시오."

"그래 주시겠습니까?"

"저는 대한정의당 소속의 국회의원입니다. 그런 제가 대통령과 만난 결과를 대표님께 보고하는 건 당연한 일이죠."

"고맙소."

"대통령께서는 저를 극비리에 부르셨으니 이 사실은 당분간 비밀로 해주십시오."

                    *   *   *

다음 날.

최강철은 운전기사만 대동하고 청와대로 향했다.

그가 청와대로 간 시간은 정확히 12시였는데, 대통령이 함께 식사를 하자고 제안했기 때문이다.

대통령은 집무실이 아니라 식당에서 그를 기다리고 있었다.

격식을 완전히 파괴한 행동이었는데, 최강철이 식당으로 들어서자 오직 대통령만 자리에 앉아 그를 기다리고 있었다.

"대통령님, 조금 늦었습니다."

"늦긴, 내가 일찍 와서 기다렸네. 최 의원 얼굴이 거칠어졌구먼. 선거가 원래 그런 거지. 멀쩡한 사람도 환자로 만들어 버리거든. 하여간 당선을 축하하네."

"감사합니다, 대통령님."

"자, 앉게."

대통령이 최강철을 자신의 맞은편에 앉힌 후 눈치를 보내자 비서실장이 어쩔 수 없다는 표정으로 천천히 몸을 돌려 식당을 빠져나갔다.

또다시 독대다.

"우리 먹으면서 이야기할까? 청와대 된장찌개가 상당히 맛있다네. 어여 먹어봐."

"예."

최강철이 대통령의 성화를 받으며 된장찌개를 떠서 입으로 가져갔다.

맛있긴 하다.

하지만 지금은 된장찌개가 아무리 맛있어도 손이 제대로 움직이지 않았다.

그건 최강철을 부른 대통령도 마찬가지인 것 같았다.

"대한정의당이 무려 123석을 차지해서 제1당이 되어버렸더 구먼. 우린 보수 쪽보다도 의석수가 적어서 꼴찌이고. 그리고 보면 참 인생은 아이러니해. 작년 말까지만 해도 외환위기를 극복하면서 지지율이 무려 60%가 넘었는데, 벤처 버블이 터지면서 내 지지율이 30%를 겨우 넘고 있어. 대통령 지지율도 바닥, 국회의원 의석수도 꼴찌. 이래서야 국정 운영이 제대로 될지 몰라. 안 그래?"

"저는 대통령님이 현명하게 이 상황을 헤쳐 나갈 것이라 생각합니다."

"이봐, 최 의원. 단도직입적으로 묻겠네. 대한정의당은 자네 건가?"

대통령의 노안이 최강철을 향해 쏘아졌다.

그동안의 끊임없는 의문을 뒤로한 채 참고 참은 그의 인내가 결국 버티지 못한 것 같았다.

삼성 총수의 말을 듣고 비밀리에 최강철과 대한정의당의 관계를 조사했으나 수면 위로 떠오른 건 아무것도 없었다.

그럼에도 거의 확신에 가까운 심증이 굳어졌다.

최강철이 그동안 해온 일을 감안한다면 갑작스럽게 정치판을 흔들고 있는 대한정의당의 존재도 그로부터 시작되었을 가능성이 컸다.

최강철은 담담히 대통령의 노안을 마주 보며 한동안 침묵을 지키다가 천천히 입을 열었다.

어디까지 알고 있는지 모르지만, 대통령의 노안을 바라보자 갑자기 거짓말을 하기 싫어졌다.

눈앞에 있는 사람이 대한민국을 이끌며 무소불위의 권력을 쥐고 있는 사람이라도 워낙 철저하게 관리했기 때문에 그와 대한정의당의 연관관계를 알아낸다는 건 불가능에 가까웠다. 하지만 대통령에게만큼은 사실을 말해줘야 한다는 생각이 들었다.

"대한정의당을 기획한 것은 제가 맞습니다. 당연히 자금 지원도 제가 했지요. 그러나 대통령님께서 생각하신 것처럼 대한정의당은 제 것이 아닙니다."

"자세히 말하게."

"아시겠지만 대한정의당에 모여 있는 사람들은 정치적 소신이 뚜렷하고 부정부패와 거리가 먼 사람들입니다. 그들은 제가 가지고 있는 자금 때문에 대한정의당에 가담한 것이 아니라 새로운 대한민국을 만들겠다는 당의 이념에 동조했기에 기꺼이 참여한 것입니다. 따라서 대한정의당은 제 것이 아니라 당원 전체의 것입니다."

"음……."

최강철의 대답에 대통령의 입에서 무거운 신음이 흘러나왔다. 그리고 시작된 침묵.

그게 그 이야기다.

그러나 당연한 그 이야기가 최강철의 한마디에 그렇지 않은 것으로 변했다.

주인이 주인 행세를 하지 않겠다면 주인이란 존재의 가치가 희미해지기 때문인데 대통령은 최강철의 표정을 한참 살피다가 가볍게 고개를 주억거렸다.

"최 의원, 자넨 나를 많이 비웃었겠구먼."

"그게 무슨… 왜 그런 생각을 하셨습니까?"

"이번 선거에서 나는 아픈 손가락들을 잘라내지 못하고 또다시 그들을 의원으로 만들어 국회로 보냈네. 이제 곧 죽을 늙은이가 아직도 정신을 차리지 못한 게지. 이번 선거에서 진 것은 여러 가지 이유가 있겠지만, 내 욕심도 거기에 한몫 단단히 했을 거야."

아무런 말도 할 수 없었다.

대통령은 집권당의 공천 파동을 직접 이야기하면서 자신의 욕심과 실수를 고백하고 있는 것이다.

"내가 자네를 부른 이유는 세 가지이네."

"말씀하십시오."

"나는 자네가 대한정의당의 주인이 아니라고 해도 결정권에 큰 영향력을 행사할 수 있을 거라 생각하네. 그렇지 않은가?"

"말씀을 듣고 대답하겠습니다."

"역시 대단해. 그리고 신비로워."

대통령의 노안에 눈웃음이 떠올랐다.

불과 37살밖에 되지 않았음에도 눈앞에 있는 최강철은 노회한 정객처럼 자신의 질문을 교묘하게 받아내고 있었다.

"우리 집권당은 82석에 불과하네. 그 인원 가지고는 할 수 있는 게 아무것도 없지. 그래서 말인데, 최 의원. 대한정의당과 우리가 통합하면 어떻겠나?"

어이없는 말이 대통령의 입에서 나왔다.

집권당에서 통합을 요청한다는 것은 많은 기득권을 스스로 내려놓겠다는 것이나 다름없는 일이다.

거기다 차기 대권에 대한 향방도 대한정의당 쪽으로 유리하게 진행될 가능성이 컸다.

그랬기에 대통령의 통합 제의는 파격적이고 전격적인 일이었다.

하지만 잠시 놀란 얼굴을 한 최강철은 천천히 허리를 펴면서 대통령을 향해 고개를 저었다.

"통합은… 그건 안 됩니다."

"왜 안 된단 말인가?"

"저희가 생각하고 있는 이상과 집권당의 이상이 맞지 않습니다. 그리고… 외람된 말씀이나 집권당의 국회의원 중 상당수가 저희와 같이할 수 없는 자들입니다. 저희는 그런 자들과 결코 함께하지 않을 것입니다."

"한마디로 더러운 물과는 가까이하지 않겠단 말이구먼."

"죄송합니다."

"아니, 이해해. 어차피 그런 욕을 얻어먹어도 될 만하니까. 그렇다면 최 의원, 나를 도와주기는 할 텐가?"

"대통령님께서 국가를 위해 바르게 추진하는 정책이라면 대한정의당은 언제든지 협조할 것입니다. 지금까지도 그래 왔잖습니까."

"고맙구먼."

아쉬움이 남았지만 마지막 대답을 들은 대통령의 얼굴에 웃음이 돌아왔다.

그가 대한정의당을 부러워하는 것이 바로 그런 것이었다.

지금까지 대한정의당은 외환위기를 극복하는 과정에서 야당답지 않게 정부가 추진하는 일에 대해 적극적으로 도왔다.

물론 잘못된 정책에 대해서는 칼날 같은 비난과 반대를 서슴지 않았지만, 민생과 관련된 현안은 그들의 도움으로 무리 없이 추진할 수 있었다.

당리당략보다는 국가를, 개인의 욕심보다는 사회의 이익을 위해 일하겠다는 대한정의당의 행동은 집권당을 오랫동안 이끈 대통령으로서도 할 수 없는 일이었다.

소속 의원들의 출신 성분에서 차이가 났고, 당의 기반과 태생이 한정되어 있기에 만약 그가 그런 이상향을 추구했다면 당은 사분오열되었을 것이다.

"그럼 이제 두 번째 이야기를 하지."

"예, 대통령님."

"두 달 후에 미국과 미사일 개발에 대한 양해 각서를 변경할 생각이네. 내가 요청했어. 현재의 180㎞로는 아무것도 할 수 없다며 강력하게 주장했네. 그랬더니 실무협상 과정에서 이자들이 300㎞까지는 용인해 주겠다고 하더구먼."

"마치 적선이라도 해주는 태도군요."

"나는 대답하지 않았어."

"무슨 복안이라도 계십니까?"

"아닐세. 내가 대답을 하지 않은 건 자네의 의견을 듣고 싶었기 때문이야. 비룡의 주인은 자네 아닌가. 그러니 자네의 의견을 들어야지."

"대통령님, 비룡의 주인도 제가 아닙니다. 비룡의 주인은 바로 대한민국입니다."

"허허, 이 사람. 무슨 소린지 알겠어. 그러니 말해봐. 얼마가 적당한가?"

"그럼 말씀드리겠습니다. 무턱대고 우리가 원하는 바를 주장하면 미국이 받아들이기 힘들 겁니다. 미국이 받아들일 수 있는 거리, 그리고 누구나 고개를 끄덕일 정도로 합당한 거리가 필요합니다. 그 거리가 바로 800㎞입니다. 북한 전역을 미사일 사정권에 둘 수 있는 거리를 제안한다면 미국도 끝내 반대하지 못할 겁니다."

"중국은? 그놈들은 자기네 영토가 사정권에 들어가는 걸 극히 싫어할 텐데?"

"중국마저 신경 쓸 겨를이 없습니다. 양해 각서는 우리가 스스로 미국에 바친 조공입니다. 그러니 미국만 설득시키면 됩니다."

"중국이 나선다면?"

"버텨야죠. 중국은 ICBM까지 가지고 있는 놈들입니다. 자기들은 그런 능력을 가지고 있으면서 우리만 안 된다는 이유가 됩니까. 대통령님, 이번에 붙을 때 확실하게 붙어야 합니다. 이번 기회를 놓친다면 우린 또다시 오랜 기간 기다려야 할 테니까요."

"음, 알았네. 내가 무슨 수를 쓰든 관철시키지. 미국에 있는 내 친구들을 전부 동원하는 일이 있더라도, 그리고 클린턴 불알을 잡고 흔드는 한이 있더라도 800㎞로 변경시키겠네."

"대통령님, 그러기 위해서는 보수세력을 먼저 설득시켜야 합니다. 야당의 총재를 미리 만나실 필요성이 있습니다."

"자네는 그들이 반대할 거라 생각하는가?"

"야당이니까요. 그들은 대통령님의 정책이 호전적이라며 국민의 불안을 조성할 이유가 충분합니다."

"음……."

"대통령님, 국가를 위하는 일인 만큼 대국적으로 접근하셔
야 됩니다. 야당 총재에게 미리 상황을 설명해 주고 부탁한다
면 어쩔 수 없이 그들도 받아들일 겁니다."

"알겠네. 내 그렇게 하지."

"의견을 받아주셔서 감사합니다."

"이 사람아, 고마운 건 난데 자네가 왜 고마워해."

"하하, 저는 엄연히 야당 의원이잖습니까. 정권의 수장인 대
통령께서 일개 야당 의원의 의견을 들어주셨으니 당연히 고마
워해야죠."

"험, 듣고 보니 그렇기도 하구먼."

대통령이 짐짓 어깨를 으쓱하며 최강철의 인사를 받아들였
다.

하지만 그의 얼굴에 들어 있는 웃음엔 장난기가 가득했다.

천천히 대통령의 얼굴이 변한 것은 앞에 놓인 물 잔을 들어
한 모금 마신 후였다.

"자네, 벤처버블 사태 때 엄청난 돈을 쓸어 담았더구먼?"

"조금 벌었습니다."

"얼마나 벌은 건가?"

"9조 정도 됩니다."

"허어, 이 사람은 화폐 단위가 다르구먼. 코스닥에서 돌고 돈 돈이 전부 자네 수중으로 들어간 모양일세."

"그럴 리가 있겠습니까."

"그 돈도 비룡에 쏟아부을 작정인가?"

"아닙니다. 그 돈은 피닉스의 미래 사업에 투자하고 있습니다."

"들었어. 그런데 난 하나도 모르겠더구먼. 실무자들 얘기로는 그중 하나만 성공해도 세계를 놀라게 할 거라던데, 사실이야?"

"예, 그렇습니다."

"휴우, 도대체 자네는 그 끝이 어딘지 도무지 알 수 없는 사람일세. 정말 대단해."

"제가 하는 게 아닙니다. 미래 사업에 대한 구상은 피닉스 그룹의 연구진이 하는 것입니다."

"이 사람아, 내가 귀머거린 줄 아나. 대부분의 전략이 자네에게서 나왔다던데, 그럼 그게 거짓 보고란 말이야?"

"저는 그냥 아이디어만 줬을 뿐입니다."

"쯧쯧쯧, 말이나 못 하면……."

"그런데 갑자기 제 사업 이야기는 왜……?"

"벤처기업을 육성하겠다고 내가 떠들었기 때문에 번 돈이니 자네가 번 돈의 절반은 내 것일세. 그렇지 않아?"

"마지막 하고 싶은 말씀이 그거였습니까?"

"맞아. 왜, 놀랐나?"

"더 듣겠습니다."

최강철의 얼굴이 서서히 굳어졌다.

자신을 바라보는 대통령의 표정이 자신보다 먼저 눈에 띄도록 굳어졌기 때문이다.

대통령의 입이 다시 열린 것은 절대 먼저 입을 열지 않겠다는 듯 최강철이 침묵을 지키고 있을 때였다.

"금년 안에 나는 북한의 국방 위원장 김정일을 만날 거야. 그때 나는 자네를 데리고 갈 생각일세."

"저를 말입니까?"

"김정일이 원하는 게 많더구먼. 지금 물밑에서 실무 협의를 진행하고 있으니 곧 일정이 잡힐 걸세. 최 의원 자네, 내가 벌게 해준 돈으로 그자에게 줄 선물을 준비해 주게."

"어떤 선물 말입니까?"

"북한이 스스로 개방할 수 있는 빌미. 방법은 자네가 알아서. 이해되었나?"

제60장
고 아니면 스톱!

최강철은 청와대에서 나와 곧바로 대한정의당의 당사로 향했다.

당사에는 당 대표인 정우석이 오전부터 나와 기다리고 있었는데, 그가 돌아오자 반색하며 맞아들였다.

총선의 여파 때문인지 당사는 수많은 인물들로 북적였지만, 대표실에는 오직 그 혼자 자리를 지키고 있었다.

"어서 오세요, 최 의원님."

"오래 기다리셨습니까?"

"밥 먹고 다른 일 하면서 기다렸어요. 그래, 갔던 일은 잘

되었습니까?"

강직한 성격이지만 신중한 것으로 널리 알려진 정우석 대표가 참지 못하고 단도직입적으로 물어왔다.

다른 때였다면 그는 농담부터 건넸을 것이다.

그 모습을 보면서 최강철이 부드럽게 입을 열었다.

"먼저 자리에 앉으시죠. 이야기가 꽤 길어질 것 같습니다."

"그런가요?

정우석 대표의 표정이 슬쩍 굳어졌다.

꽤 오랜 세월 최강철을 지켜봤기 때문에 그의 음성으로부터 사안의 심각함을 느꼈다.

최강철은 대통령과 나눈 이야기를 처음부터 천천히 꺼냈다.

대통령이 그에게 한 세 가지 이야기를.

정우석 대표는 최강철의 입이 열릴 때마다 놀라움을 감추지 못했는데 짐작한 것보다 사안이 훨씬 컸기 때문이다.

당의 통합 제의도, 미사일 사거리 양해 협정의 변경도 놀라운 것이었지만 그가 가장 충격을 받은 것은 대통령이 북한의 김정일 국방 위원장을 만난다는 것과 그곳에 최강철을 대동한다는 것이었다.

"최 의원님, 대통령의 뜻이 정확하게 무엇입니까?"

"대통령께서는 북한 사람들이 굶주리고 있다는 것을 안타까워하셨습니다. 같은 민족으로서 도저히 그냥 두고 볼 수 없다고 하시더군요."

"최 의원님을 대동한다는 건 피닉스그룹이 움직여 주기를 바라기 때문이겠군요?"

"그렇습니다."

"우리가 먼접니까, 아니면 그쪽이 먼저였습니까?"

"대통령께서 제의했고, 그쪽에서 받아들인 것입니다."

"음……."

정우석 대표의 눈이 무언가를 생각하며 번쩍였다.

당 대표는 아무나 하는 게 아니었다.

국내 정치 상황에 대한 탁월한 판단력과 국제 정세와 사회 전반에 대한 식견을 갖추고 있어야만 당을 이끌어 나갈 수 있었다.

무거운 신음을 흘린 정우석의 입이 다시 열린 것은 최강철이 말을 끝낸 후 알 수 없는 눈으로 그를 바라보고 있을 때였다.

"아무래도 대통령이 손도 안 대고 코를 풀려는 것 같습니다. 지금 대통령의 지지율은 최악입니다. 반전이 필요한 상황이지요. 북한과의 화해 무드라……. 역대 정권들이 늘 써먹던 수법을 다시 꺼내 들었군요. 그래, 최 의원님은 대통령의 말에 뭐라고 대답했습니까?"

"그렇게 하겠다고 말했습니다."

"아니, 왜요? 대통령의 의중을 모른단 말입니까?"

"알고 있습니다. 북한과의 관계가 개선된다면 대통령께서는 정국을 완벽하게 반전시킬 수 있을 겁니다."

"그걸 알면서 그렇게 대답했다는 게 이해되지 않는군요. 왜 그러셨습니까?"

"반드시 해야 할 일이니까요. 북한은 태생적으로 외부의 도움 없이는 경제를 일으킬 수 없습니다. 백두산 혈통은 체제 보장을 위해 그동안 쇄국정책을 써왔기 때문에 누군가의 도움이 없다면 이런 상태로는 국민이 모두 죽습니다."

"당연한 말이지만 한편으로 생각하면 그렇지도 않아요. 그 자들은 지금까지 우리뿐만 아니라 일본, 중국의 원조를 받아서 국민은 죽든 말든 내버려 둔 채 군사력을 증가시키고 지도부의 배만 불려왔습니다. 그런데 또 원조를 한다고요? 뻔히 알면서 그런 정치를 하는 건 대통령의 욕심일 뿐입니다."

정우석 대표가 강경한 음성으로 말했다.

맞는 말이다.

지금까지 북한은 남한과 주변국으로부터 엄청난 원조를 받았지만, 한 번도 고맙다는 말 없이 그 돈을 엉뚱한 곳에 써왔다.

그랬기에 정우석은 최강철을 똑바로 바라보며 반대의 뜻을 분명히 밝혔다.

그러나 최강철은 빙그레 웃으며 그의 의견에 동조하지 않았다.

"그렇게 만들지 않을 생각입니다. 저는 대통령이 원하는 것처럼 단순하게 돈과 식량을 주는 짓은 하지 않을 테니까요."

"다른 생각이 있는 겁니까?"

"있습니다!"

*   *   *

총선이 끝난 후 10일이 지나 국회 개원 행사가 열렸다.

개헌 국회에서는 자연스럽게 거대 야당인 대한정의당의 3선의원 박문석이 국회의장으로 선출되었는데, 동안의 관례에 따른 것이라 무리 없이 진행되었다.

국회가 발칵 뒤집힌 것은 국회의 단상에 대통령이 올라와 연설문을 낭독할 때였다.

대통령이 미사일 양해 각서 변경과 북한 김정일 국방 위원장과의 회담에 대해서 입을 열었기 때문이다.

두 가지는 모두 극비리에서 추진되었기 때문에 대통령의 입을 통해 처음으로 알려진 사실이다.

국회가 개원되자마자 여의도에 풍파가 일어났다.

제2야당으로 전락한 자유민족당이 격렬하게 반대하며 들고 일어났기 때문이다.

자유민족당은 미사일 양해 각서와 김정일과의 영수 회담도 반대했는데, 그동안 북한이 해온 적대 행위를 감안하면 결코 용납할 수 없다는 것이었다.

특히 그들은 미사일 사거리 변경에 대해서 결사반대를 부르짖었다.

한미동맹이 생생하게 살아 있는 상태에서 미국이 원하지 않고 주변국이 싫어하는 짓을 굳이 할 이유가 없다는 것이다.

만약 미국이 미사일 사거리 변경에 악감정을 가져 주한 미군이 철수라도 한다면 어쩔 것이냐는 게 그들의 주장이었다.

그리고 그 주장은 미국에 의해서 자연스럽게 힘을 얻어갔다.

미국의 국방부 장관 저스틴 호프만이 한국의 미사일 사거리 연장에 대해 부정적인 입장을 표명하며 주한 미군의 감축을 슬그머니 언급한 것이다.

참으로 얄미운 전략을 구사한다.

한편으로는 정부의 미사일 사거리 변경 요청을 긍정적으로 생각하는 척하면서 다른 한쪽으로 야당의 손을 들어주는 행태는 그동안 미국이 자주 써먹던 당근과 채찍 전술이었다.

*　　　　　*　　　　　*

미국 백악관.

대통령 집무실에는 클린턴과 국방부 장관 저스틴 호프만, 안보 수석 짐 해커가 커피를 앞에 두고 앉아 있었다.

그들은 편안한 복장을 하고 있었는데 클린턴은 하얀 와이셔츠의 소매를 팔뚝까지 걷어 올린 상태였다.

회의를 하는 건지, 커피를 마시며 담소를 나누는 건지 알 수 없을 정도로 자리는 무척이나 편해 보였다.

일본의 부동산 버블과 중국의 급격한 경제 성장에 대해 이야기를 나누던 클린턴이 국방부 장관을 바라본 것은 시계가 오후 3시 15분 전을 가리키고 있을 때였다.

오후 3시에 국무회의를 소집해 놓은 상태였기 때문에 조금 있으면 자리에서 일어날 시간이다.

"국방부 장관, 한국의 미사일 사거리 연장 요청은 어떻게 처리하는 게 좋겠소?"

"그게 좀 애매합니다. 그들의 요청이 워낙 강하고 이유가 명백하거든요. 지금의 180㎞ 가지고는 북한과 전쟁이 벌어졌을 때 일방적으로 당할 수밖에 없습니다."

"그럼 800㎞면 북한 전역을 커버할 수 있는 겁니까?"

"그렇습니다."

"그런데 뭐가 문제죠?"

"일단 중국과 일본이 반대하고 있습니다. 800㎞는 중국 일부와 일본 영토의 상당 부분을 사거리로 둘 수 있기 때문입니다."

"등 뒤에서 칼을 찌를 수 있단 얘기군요?"

"한국이 그럴 리는 없지만 그냥 싫은 거죠. 한국이 미사일로 중무장을 한다는 건 그들이 결코 원하지 않는 일이니까요."

"그래도 그들이 반대할 명분은 없을 텐데요?"

"그러니까 우리를 압박하는 겁니다. 결코 한국의 요구에 응하지 말아달라는 것이죠. 그들은 정부와 상, 하원에 적극적으로 로비를 하고 있습니다. 한국의 요구를 받아들여 양해 각서를 변경한다면 미국과의 관계가 경색될 거라며 엄포를 놓고 있는 중입니다."

"허어, 그것 참."

"사실 우리도 마찬가집니다. 한국은 우방국이지만 군사력이 강해지는 건 바람직하지 않습니다."

"그건 왜 그렇죠?"

"미사일은 현대전에서 가장 강력한 군사 옵션 중 하나입니다. 800㎞에서 ICBM으로 넘어가는 과정이 그리 순탄치는 않겠지만, 만약 양해 각서가 변경된다면 한국은 그 이상의 기술력을 금방 보유하게 될 겁니다. 그래서는 안 되죠. 한국은 세계에서 우리 무기를 가장 많이 수입하는 나랍니다. 군사력이 강해질수록 우리 무기를 수입하는 금액이 점점 줄어들 테니 우리 입장에서도 결코 바람직한 일이 아닙니다."

저스틴 호프만이 자기 생각을 강하게 어필했다.

방산업체의 강력한 로비를 받고 있는 그로서는 어쩌면 당연한 말인지도 모른다.

하지만 그의 의견은 그동안 조용히 앉아 있던 안보 수석 짐 해커에 의해 가로막혔다.

"국방부 장관께서는 미국을 욕보이려 하는군요. 미국은 자유와 정의를 생명처럼 여기는 국가이고, 한국은 우리의 오랜 우방입니다. 그런데 그까짓 작은 이익에 연연해서 세계의 조롱거리가 될 생각입니까? 중국은 이미 ICBM을 보유해서 우리나라를 위협할 능력을 갖추었고, 일본은 전범국가이니 한국의 미사일 사거리 증가에 대해 논할 가치도 없는 국가입니다. 저는 한국의 요구를 들어줘야 한다고 생각합니다. 먼저 한국 대통령의 의지가 확고할 뿐만 아니라, 우방의 발목을 잡을 이유도 없기 때문입니다. 향후 우리나라의 최대 적은 중국이 될 것입니다. 한국의 군사력을 증진시켜 중국을 견제하는 것이 지금으로서는 가장 효율적인 전략이란 걸 우린 잊어서는 안 됩니다."

"그래도……."

"국방부 장관, 내가 가급적 말을 하지 않으려 했는데 행동을 조심하세요. 방산업체와 관련된 시크릿 페이퍼의 내용을 대통령 앞에서 내 입으로 꼭 말해야 되겠소?"

*　　　　*　　　　*

최강철은 아침 일찍 일어나 세면을 하고 수염을 깎았다.

대통령의 국회 연설이 있고 난 후 정치판과 언론이 들썩이며 대한민국 전체가 벌집을 쑤셔놓은 듯 시끄러웠다.

자유민족당의 주장이 탄력을 받은 것은 전쟁의 상처를 가슴에 안고 사는 기성세대의 북한에 대한 반감이 그만큼 크기 때문이었다.

거기에 보수 언론들이 교묘하게 국민들을 자극하면서 반대 여론 몰이를 했기 때문에 찬반 여론이 부딪치며 사회문제로까지 비화되고 있었다.

문제는 대한정의당의 일부 의원들까지 대통령의 행동에 제동을 걸고 나섰다는 것이다.

그들은 북한을 정치에 이용하려는 대통령의 뜻에 반대 의사를 분명히 하며 언론과 수시로 인터뷰를 했다. 그 때문에 국민들은 더욱 혼란스러웠다.

최강철은 와이셔츠를 입고 넥타이를 맸다.

그런 후 부엌으로 가서 커피를 탔다.

향기로운 냄새.

미국에 있을 때 클로이가 명품 커피라며 선물한 코피루왁이다.

코피루왁은 인도네시아어로 커피를 뜻하는 코피와 긴꼬리 사향고양이를 의미하는 루왁이 결합된 이름이다.

사향고양이가 커피 열매를 먹고 난 뒤 배설한 씨앗을 햇빛에 말려 볶는 과정을 거쳐 탄생한 커피인 것이다.

최강철은 소파로 가서 천천히 커피를 한 모금 마신 후 전화기를 들었다.

길게 울리는 신호음.

그러나 신호음은 그리 오래 울리지 않고 바로 끊겼다.

상대방이 신호음이 울린 지 불과 세 번 만에 전화를 받았기 때문이다.

—보스, 해밀턴입니다.

"지금 그쪽은 저녁이겠군요."

—그렇습니다.

"내가 지시한 것은 어떻게 되어가고 있습니까?"

—모든 채널을 가동해서 움직이고 있습니다. 오늘 오후에 안보 수석 짐 해커로부터 전화가 왔는데, 대통령을 적극적으로 설득시키고 있는 중이랍니다. 우리가 준 방산업체 비리 자

료를 쥐고 있기 때문에 국방부 장관은 꼼짝하지 못했다고 합니다.

"잘 되었군요. 다른 쪽은 어떻습니까?"

—우리가 지속해서 관리해 온 상, 하원 의원들을 전부 동원하고 있습니다. 반대하는 자들이 있지만 충분합니다. 반대하는 자들은 수적으로나 영향력으로나 우리가 관리해 온 의원들의 상대가 되지 않습니다. 그런데 보스, 지금 한국 쪽이 상당히 시끄럽다고 하던데요. 미국이 정리돼도 한국에서 반대 여론이 들끓으면 모양새가 이상해집니다. 먼저 한국의 의견이 통일될 필요가 있습니다.

"그건 내가 알아서 할 테니 걱정하지 마세요."

—하하, 하긴 보스께서 어련히 잘 하시려고요.

"이제 불과 보름밖에 남지 않았습니다. 잡음이 생기지 않도록 마무리 잘 해주시기 바랍니다."

—염려하지 마십시오.

"그럼 나중에 다시 통화합시다."

—보스, 다시 뵐 때까지 건강하시기 바랍니다.

해밀턴의 정중한 인사를 받으며 최강철은 탁자에 놓은 커피를 다시 들어 올렸다.

그가 해밀턴을 만난 것은 7년 전이다.

미국 정가의 최고 로비스트 해밀턴.

그는 조지아 주립대 정치학과를 졸업한 후 로널드 레이건의 보좌관까지 지낸 사람으로, 미국 정가에서 가장 발이 넓은 로비스트였다.

잘나가던 그가 이란 콘트라 사건에 연루되어 감옥에서 썩고 있는 것을 최강철이 보석금으로 3백만 달러나 지불하고 빼낸 것이다.

그의 현재 공식 직함은 마이다스 CKC의 고문이지만, 실질적으로는 미국 정가에서 가장 막강한 로비스트 그룹 '아벨'을 이끌고 있었다.

해밀턴이 이끄는 '아벨'은 20여 명의 최고 로비스트로 구성된 전문가 집단으로 마이다스 CKC를 위해 7년 동안 정, 관계에 적극적인 로비를 벌여왔다.

돈은 귀신도 부린다.

최강철의 지시로 마이다스 CKC가 해밀턴이 원하는 만큼 '아벨'에 자금을 지원해 왔기 때문에 정, 관계는 물론이고 언론까지 대부분 그들의 손아귀에 들어온 상태였다.

대통령이 미국 정가에 꽤 돈독한 친분을 가진 자들이 많다고 하지만, 최강철의 영향력에 비하면 상대도 안 된다.

그가 막대한 돈을 들여 미국 정, 관계를 관리해 온 것은 그가 생각하는 미래를 건설하기 위해서 반드시 필요했기 때문이다.

최강철은 커피를 다 마신 후 천천히 자리에서 일어났다.

이젠 그가 움직일 시간이었다.

가소로운 자들.

자유민족당과 일부 집권당의 수구 세력.

그들은 자신의 힘을 통해 당당하게 살아가는 세상을 원하지 않았다.

아직도 누군가의 힘에 얹혀살아야만 편한 삶을 살 수 있다고 생각하다니 이 얼마나 어처구니없는 일이란 말인가.

나는 그런 생각을 하는 자들을 전부 쓸어버리고 싶다.

할 수만 있다면.

*　　　　　*　　　　　*

최강철은 여의도 대한정의당 당사로 들어가 그의 최측근인 이병창, 허윤회, 지석훈, 박훈도를 사무실로 불렀다.

그들은 대한정의당 창당 멤버로서 최강철이 가장 먼저 영입한 인물들이다.

"회장님, 갑자기 무슨 일이십니까?"

놀란 눈들이다.

아직도 그들은 사석에서 최강철에 대한 호칭을 그대로 불렀는데, 갑자기 콜을 당했기 때문인지 눈에 궁금증이 가득했다.

"앉으십시오. 오늘 제가 여러분께 드릴 말씀이 있어서 불렀습니다."

"대통령 연설에 관한 것입니까?"

"그렇습니다."

네 사람이 자리에 앉자 최강철은 천천히 그들을 한 번씩 바라본 후 슬그머니 미소를 지었다.

하지만 차갑다.

그 미소에 담겨 있는 의지는 분명 시리도록 냉정한 것이었다.

"지금 대통령의 제안에 반대하고 있는 우리 당 의원 숫자가 얼마나 됩니까?"

"20여 명 정도입니다. 그 선두에 있는 건 박기철과 정용환 의원입니다. 그들은 예전 정권에서 쓰던 수법을 대통령이 다시 쓴다며 이를 갈고 있어요. 국민을 속여 세금을 낭비하면서 인기를 얻기 위한 수법이라고 생각합니다. 하지만 그들은 자유민족당, 집권당 일부 의원들과는 근본적으로 다릅니다. 그 자들은 자신의 안위를 위해서 지랄하는 거지만, 우리 당 사람들은 정책의 효용성을 비판하는 것입니다."

"알고 있습니다."

"그건 정우석 대표와 다른 의원들도 마찬가지입니다. 그들은 적극적으로 나서지 않지만, 대통령의 뜻에 다른 의도가 있다며 불쾌해하고 있습니다."

"당연한 행동이고 생각입니다."

"회장님, 그런데 그건 왜 물으신 겁니까?"

"당이 사분오열되는 모습을 국민한테 보이면 안 되기 때문입니다. 자, 그럼 먼저 정리합시다. 저는 오늘 오후에 대한정의당 이름으로 대통령에 대한 지지 선언을 생각하고 있습니다."

"지지 선언이라고요?"

"그렇습니다. 대통령께서 말씀하신 두 가지는 대한민국을 위해 반드시 필요한 사안입니다. 지금에서야 말씀드리지만, 제가 대통령과 함께 김정일 국방 위원장을 만나기로 계획되어 있습니다."

"아이고!"

네 사람의 입에서 동시에 비명이 흘러나왔다.

지금까지 정상회담에 대통령이 야당의 국회의원을 대동한 적이 있던가.

하지만 정치와 경제에 뛰어난 감각이 있는 네 사람은 놀람 속에서도 머릿속으로 수없이 많은 생각을 동시에 떠올렸다.

그렇구나.

대통령은 이미 피닉스그룹이 누구의 것인지 알고 그런 제안을 한 것이 분명했다.

"그렇다면 단순한 원조가 아니군요. 대통령께서 회장님을 대동한다는 건 원조가 아니라 경제협력인 모양입니다. 그렇습니까?"

"맞습니다."

"경제협력은 원조보다 훨씬 막대한 자금이 들어가게 됩니다. 더군다나 그자들이 변심하게 되면 자금을 한 푼도 빼내지 못할 수도 있습니다. 공장과 장비가 볼모로 잡히는 순간, 천문학적인 손해가 발생됩니다. 그런 일을 회장님께서 혼자 하시기에는 무립니다."

"제가 구상하고 있는 것이 있습니다. 그건 차차 말씀드리도록 하지요. 지금은 무엇보다 당의 입장을 정리할 필요성이 있습니다. 우리 당 사람들은 남북 정상회담에만 반대하고 있는 거죠?"

"그렇습니다. 미사일 사거리 변경 협약에 대해서는 찬성하고 있습니다."

"그렇다면, 네 분께서 소속 의원들을 설득해 주십시오. 저는 정우석 대표와 지도부를 만날 테니까요. 평화와 공존이란 대의만 있다면 충분히 가능할 겁니다. 그들을 설득하기 위해 제가 정상회담에 참석한다는 말을 하셔도 됩니다."

"그런 극비 사항을 미리 말해도 괜찮겠습니까?"

"언젠가는 알게 될 테니까요."

"왜 참석하느냐고 물으면 뭐라고 답할까요?"

"김정일 국방 위원장이 저를 보고 싶어서 불렀다고 하면 될 겁니다."

"알겠습니다."

네 사람이 동시에 고개를 끄덕였다.

가장 적절한 변명이다. 아직도 세계 최고의 슈퍼스타인 최강철이라면 북한의 지도자가 충분히 보고 싶어 할 만하지 않겠는가.

*   *   *

대한정의당에서 대통령이 추진하는 정책에 대해 지지 선언이 터져 나온 건 오후 5시 무렵이었다.

이현석 대변인이 당의 이름으로 지지 선언을 했는데, 주요 지도부가 전부 배석해서 당의 의지가 확고하다는 것을 언론에 알렸다.

대통령의 정책에 찬성하지 않던 정우석 대표는 최강철을 다시 만난 후 완전히 돌아서서 직접 의원들을 설득하며 돌아다녔다.

최강철이 자신이 생각하고 있는 남북경협 방안의 커다란 밑그림을 설명해 주자, 정우석 대표는 몸을 부들부들 떨면서 자리를 박차고 일어날 정도로 충격을 받았기 때문이다.

대한정의당의 공식 지지 선언과 달리 최강철은 그다음 날 마이다스 CKC와 밀접한 관계에 있는 언론들을 불러 인터뷰를 했다.

정도일보와 한수일보, 시사한국 등 10여 개의 일간지와 주간지였다.

신문기자들이 펄쩍펄쩍 뛰면서 달려왔다.

최강철은 아직도 국민의 영웅이었고 가장 큰 화제를 몰고 다니는 이슈의 핵심 인물이었으니 불러주는 것만으로도 황송해했다.

잠깐의 변죽.

국회의원 당선 소감을 비롯하여 총선과 관련된 몇 가지 질문에 답한 최강철은 오늘 기자들을 불러 모은 목적을 말하기 시작했다.

"지금 우리나라는 혼란에 빠져 있습니다. 대통령께서 북한 지도자를 만나는 것에 대해 자유민족당을 포함한 여러 인사들이 반대하는 건 옳지 않은 일이라 생각합니다. 저는 남북 정상회담이 반드시 성사되어야 한다고 생각합니다. 남북 정상이 만나 대화와 타협을 통해 한반도의 평화를 정착시킬 수 있다면 무슨 일을 못 하겠습니까?"

"자유민족당은 대통령이 또다시 퍼주기를 한다고 생각하고 있습니다. 그동안 여러 전례가 있었기 때문에 그렇게 주장하는 것 아닌가요?"

"한편으로는 당연한 것처럼 보이지만, 그것은 하나만 생각
하고 둘은 생각하지 못하는 주장입니다. 그럼 이대로 우리가
휴전선을 경계에 두고 서로 총을 겨누며 영원히 살아가야 되
겠습니까? 한반도의 평화를 생각한다면 무슨 수를 쓰든 만나
야죠. 만나서 서로의 생각을 알아가야 합니다. 그리고 언제
대통령께서 무조건적인 원조를 하겠다고 말씀하셨습니까. 아
직 발생하지도 않은 일을 미리 추측해서 국민들을 호도하는
건 정말 어리석은 짓입니다. 무조건적인 반대를 하고 있는 자
유민족당은 부끄러움을 알아야 합니다. 당리당략을 위해 정
부가 추진하고 있는 정책을 무조건 반대하는 것은 공당으로
서 절대 해서는 안 되는 짓이라는 걸 엄중히 경고하는 바입니
다."

＊   ＊   ＊

MBC 사장인 이창래는 신문을 보면서 한바탕 통쾌한 웃음
을 터뜨렸다.

그 며칠 동안 대한민국을 휩쓸던 혼란이 대한정의당의 지
지 선언과 최강철의 인터뷰로 인해 찬성 쪽으로 돌아섰기 때
문이다.

생각하면 생각할수록 대단하다.

대한정의당은 그동안 대한민국 정당들이 보여주지 못한 모습으로 국민들에게 다가섰는데, 정의를 앞장세운 그들의 행동은 국민들에게 절대적인 지지를 받고 있었다.

하지만 더 큰 영향력을 지닌 게 바로 최강철이었다.

그는 돌아서기 시작한 국민 여론을 대한정의당의 지지 선언으로 완벽히 찬성 쪽에 설 수 있게 만들어 버리는 괴력을 발휘했다.

정연한 논리, 그리고 미래.

그가 제시하고 있는 것은 눈앞의 이익이 아니라 언젠가는 성취해야 할 평화와 통합에 관한 것이었다. 그래서 자유민족당의 논리를 뒤엎기에 충분했다.

따르릉따르릉.

전화벨이 길게 울린 것은 그가 보도 본부장에게 대통령의 정책에 대한 특별 프로그램 편성을 지시할 때였다.

"여보세요?"

"형님, 안녕하세요. 그동안 잘 계셨습니까?"

"너 강철이… 아니지, 최 의원. 아이고, 네가 전화를 다 주고, 자다가 귀신을 본 것 같구나."

"형님이 전화를 안 하니까 제가 하는 거 아닙니까. 이거 사장님 됐다고 너무하신 거 아니에요?"

"야, 사장이 내가 되고 싶어서 된 거냐. 네가 시켜서 된 거지."

"하하, 농담도 잘하십니다."

"시끄러워. 우리 밥 먹고 술 마시자. 너 국회의원 된 거 내가 꼭 축하해 주고 싶었다."

"그러시죠. 그런데 그것보다 먼저 할 일이 있습니다."

"뭐지?"

"이번 미사일 사거리 변경 협약에 대해서 특별 프로그램을 하나 짜주십시오."

"그거라면 이미 준비하고 있어."

"그냥 하는 게 아니라 적극적으로 도와달라는 겁니다. 국민들이 완벽하게 이해할 수 있도록."

"음, 자유민족당하고 친미주의자들이 가만 안 있을 텐데?"

"그러니까 부탁하는 거죠. 필요하면 제가 출연하겠습니다. 제가 나가서 떠들면 형님네는 공짜로 시청률 얻게 될 거 아닙니까. 욕은 제가 다 먹고요."

"허어, 강철아. 너 언제부터 나를 그렇게 비겁하게 본 거냐. 네 눈에는 내가 그 정도로 비겁하게 보였어?"

"하실 겁니까, 말 겁니까?"

"한다. 까짓것, 못 할 게 뭐가 있겠어. 우리 영웅께서 출연까지 하신다는데……."

　　　　　＊　　　　　＊　　　　　＊

　한미 미사일 협정.

　처음에는 미국의 불만을 잠재우기 위한 ADD의 서한에서 시작되었다.

　미국의 비확산 정책에 어긋난다는 불만에 견디지 못하고 스스로 180㎞의 제한을 두겠다고 약속한 것이지만, 시간이 지나면서 협정서의 지위를 확보했다.

　다시 말하지만 미사일 개발에 미국이 불만을 가질 이유가 없다.

　그리고 기술력이 확보된 상태라면 아무리 미국이 동맹국이라 해도 승인을 받아야 할 이유도, 통보도 필요 없는 게 국제 현실이었다.

　문제는 관성항법장치를 비롯한 주요 기술과 제품들을 미국과 선진국에서 들여와야 한다는 것이다.

　따라서 미국이 동의하지 않으면 미사일의 사거리 증가는 공염불에 불과한 일이었다.

　그랬기에 기술력이 부족함을 통감하며 눈물을 머금고 180㎞란 족쇄를 스스로 걸어 잠근 것이다.

　하지만 지금의 상황은 다르다.

정일환 박사가 이끄는 비룡의 연구진은 무려 10년이란 시간 동안 천문학적인 돈을 들여 미사일의 주요 기술과 관련 제품들을 생산할 수 있는 능력을 갖추었기 때문에 미국의 승인이 필요 없는 상황이었다.

그럼에도 미국에 협약을 변경하자고 요청한 것은 그들이 우방이라는 인식과 국제 관계를 원만하게 해결하기 위한 노력이었다.

최강철은 이런 사실들을 MBC가 마련한 특집방송에 출연해서 조목조목 짚어나갔다.

최강철의 입에서 폭탄선언이 터져 나온 건 진행자가 의문을 가지고 질문을 할 때였다.

"최 의원님, 지금까지 미사일 한미 협정에 대한 역사와 배경에 대해서 말씀하셨는데요. 그렇다면 더더욱 우리나라는 미국의 승인을 받지 못했을 때 사거리 800㎞의 미사일을 보유하지 못하게 되잖습니까. 미국의 기술과 부품을 공급받지 못한다면 아예 미사일을 만들지 못한다는 것인데요. 그렇지 않나요?"

"맞습니다."

"의문이 한 가지 더 있습니다. 지금까지 나온 이야기로는 미사일 변경 협약에 대해서 미국의 입장이 긍정적이라고 들었는데, 그것도 믿지 못할 것 같군요. 어차피 미국에서 협정에 동

의해도 기술과 부품을 공급해 주지 않는다면 협정 변경이 무슨 소용이 있겠습니까?"

"정확한 지적입니다."

날카로운 진행자의 질문에 최강철이 무심히 고개를 끄덕거렸다.

하지만 그의 표정에는 어떤 당황함도 들어 있지 않았다.

"제가 이 자리에 나온 것은 바로 그 부분을 말씀드리기 위해서입니다."

"무슨 뜻이죠? 혹시 다른 방안이라도 있는 건가요?"

"국민 여러분은 잘 모르시겠지만, 우리나라에는 비룡이라는 방산업체가 있습니다. 그 비룡에서는 이미 사거리 800㎞의 미사일 기술 개발을 완료해 놓은 상황입니다."

사거리를 줄여 말했으나 그것만으로도 진행자는 제대로 말을 잇지 못했다.

만약 현재 2,000㎞짜리 미사일 '천궁2호'가 개발 완료 상태라는 걸 알았다면 그는 놀라 기절할지도 모른다.

"그게… 정말입니까?"

"그렇습니다. 순수한 국산 기술로 정확도 97%의 미사일 '천궁'이 개발된 상태입니다. 미사일에 필요한 모든 부품을 국산화했고 주요 기술도 전부 우리 기술진이 개발한 것입니다. 우리 정부에서 미국에게 협약을 변경하자고 제안한 것은 이런 배경이 있기 때문입니다."

"아이고!"

"우리는 미국에게 구걸하기 위해 변경 협약을 제안한 것이 아니라, 우방으로서 책임과 의무를 다하기 위함임을 국민 여러분께 당당히 밝히는 바입니다."

"그게… 그러니까… 천궁이 언제 개발된 겁니까?"

사색이 된 진행자가 최강철을 향해 미친 사람처럼 질문을 퍼부었다.

이미 약속된 시간은 지났지만, 어느새 쫓아 나온 이창래의 지시로 인해 촬영은 계속되었다. 담당 PD를 비롯해 모든 사람이 입을 떡 벌린 채 어찌할 줄을 몰랐다.

이건 완전히 대박이었다.

특히 단순하게 미사일 변경 협약에 대한 지지 프로그램이라 생각한 이창래는 두 눈을 부릅뜬 채 움직이지 못했는데 최강철을 향한 눈이 허공에 붕 뜬 상태였다.

내일 방송하는 것으로 예정된 이 프로그램이 전국으로 방송되는 순간 대한민국은 난리가 날 것이다.

논란이 되고 있는 정상회담이 문제가 아니었다.

미사일 독립국 대한민국.

그 찬란하고 장엄한 자존심이 밝혀지게 된다면 국민들은 주먹을 불끈 쥐며 스스로에 대한 자부심과 긍지를 새롭게 다질 것이 분명했다.

이창래의 예측대로 프로그램이 방송되자 전국이 충격에 사로잡혔다.

그냥 충격이 아니었다.

이미 사거리 800㎞ 미사일이 완전한 국산 기술로 개발 완료되었다는 사실이 보도되자 국민들은 마치 실성한 사람들처럼 비실비실 웃었다.

자유민족당과 친미주의자, 그리고 반공 세력들의 미사일 사거리 변경 반대 주장은 프로그램이 방송된 후 잠잠해졌다. 비룡을 이끄는 정일환 박사가 직접 언론과 인터뷰를 하여 사실임을 밝힌 것이다. 벌 떼처럼 왕왕거리던 그들은 한순간에 언제 그랬냐는 듯 쥐구멍 속으로 사라져 버렸다.

미사일 사거리 증가에 대한 변경 협약은 예정된 대로 그로부터 10일 후에 체결되었다.

애초부터 협약서에 사인을 하는 것이 아니었으니 실무협상을 통해 미리 협의한 대로 순탄하게 마무리된 것이다.

그러나 미국은 고체 연료의 사용만큼은 강력하게 제한했다.

고체 연료는 ICBM과 우주개발사업에 반드시 필요한 것이었기 때문에 한국의 발을 묶겠다는 확고한 의지였다.

다른 건 몰라도 한국이 ICBM을 보유하는 것만큼은 반드시 막겠다는 미국 정부의 의지였는데, 바늘도 들어갈 수 없을 정도로 대단했다.

정부는 그들의 요청을 쿨하게 받아들였다.

이것 또한 구두 제한에 불과한 것이었으니 못 하겠다고 버틸 이유가 없었다.

이미 비룡에서는 고체 연료에 대한 연구가 거의 성공 단계에 있는 상황이었지만 협상 관계자들은 아예 그런 사실을 몰랐기 때문에 미래의 일이라 생각하곤 단순하게 인정한 채 협상을 끝냈다.

*   *   *

시간은 빠르게 흘러갔고, 최강철은 성공적으로 정치에 데뷔했다.

강렬한 인상을 남긴 그의 인터뷰와 프로그램 출연은 전 국민이 지켜봤을 정도로 폭발적이었다.

그리고 남북 정상회담에 최강철이 대통령과 함께 참석한다는 게 알려지자 정가와 재계는 물론이고 언론에서까지 초미의 관심을 나타냈다.

외부로 알려진 사실은 김정일 국방 위원장이 그를 보고 싶어 한다는 것이 이유였으나 그 말을 곧이곧대로 믿는 사람은 아무도 없었다.

정상회담에서 사적인 이유로 최강철을 부를 만큼 김정일은 어리석지 않다는 게 그들의 공통된 생각이었다.

대통령이 최강철을 청와대로 부른 것은 남북 정상회담이 3일 앞으로 다가왔을 때다.

"최 의원, 요즘 고생 많지?"

"아닙니다."

"아니긴, 저번 미사일 건도 그렇고 이번 정상회담 건 때문에 들들 볶이고 있는 중이잖아."

"괜찮습니다. 링에서 맞는 것보다는 훨씬 쉬운 일입니다."

"허허, 이 사람, 농담도……."

"이틀 전 뉴스를 보니까 대통령님 지지율이 상당히 올랐더군요. 축하드립니다."

"지지율이라……. 그게 무슨 의미가 있겠나. 난 그런 건 신경 쓰지 않는다네. 일부에서는 내가 그런 것 때문에 김정일과 만난다고 생각하는데 다 헛소리야. 이제 죽을 날도 얼마 안 남은 내가 그까짓 지지율이 다 뭔 소용이란 말인가."

"그래도 국민들이 좋아한다는 건 행복한 일이지요."

"그렇긴 하지. 그런데 최 의원."

"말씀하십시오."

"아직도 나는 자네에게 말끔한 대답을 듣지 못했네. 여전히 알려줄 생각이 없는 건가?"

"지금은 드릴 말씀이 없습니다. 솔직히 말씀드리면 저는 대통령님의 협박에 어쩔 수 없이 따라가는 사람이잖습니까. 그런 제가 남북경협과 관련해서 무슨 말씀을 드릴 수 있겠습니까."

"혹시 나한테 화난 건 아니지?"

"그럴 리가요."

"음, 화난 것 같은데……"

"북한은 특수한 나라입니다. 그들이 어떻게 나오느냐에 따라 상황은 백팔십도로 달라질 수밖에 없습니다. 대통령님, 그들과의 협상은 상황에 맞춰 움직여야 된다는 게 제 판단입니다."

"구상한 것도 없단 말인가?"

"있습니다."

"말해주게."

"그럼 먼저 약속을 해주십시오. 이번 남북경협에 관련된 모든 전권을 저에게 주신다고 약속해 주시면 말씀드리겠습니다."

"이 사람아, 어차피 그럴 생각이었어. 다시 말하지만 나는 모든 욕심을 버린 사람이네. 그러니 날 의심하지 말아주게."

*   *   *

드디어 역사적인 대통령의 방북이 이뤄졌다.

대통령은 전용기 편으로 평양으로 날아갔는데 언론사의 취재가 제한되었고 미리 상호 협의를 했기에 수행한 사람은 그리 많지 않았다.

비행기가 평양 공항에 도착하자 수많은 사람들이 나와 그들을 맞이했다.

역시 북한이다.

거의 천 명에 달할 정도의 사람들을 동원했는데, 그들은 비행기 트랩에서 내려오는 대통령을 향해 깃발을 흔들며 공항이 떠나갈 정도로 함성을 질러댔다.

최강철은 대통령의 뒤를 따라 내리며 영접을 나온 김정일의 모습을 유심히 바라보았다.

작고 배가 나온 모습.

하지만 안경 속에 담겨 있는 눈매가 매서웠고 얼굴은 부조화 속에서 절묘한 균형을 이루고 있었다.

대통령은 그런 김정일을 향해 다가가 악수를 나누며 기자들 앞에 포즈를 취했다.

역사적인 현장이다.

남북 정상 간의 공식적인 첫 만남이 이렇게 거짓말처럼 이뤄지고 있었다.

천여 명에 달하는 세계 언론이 동시에 이 역사적인 만남을 타전했다.

전쟁까지 치른 두 나라의 정상이 평화를 모색하기 위해 만남을 가졌다는 것 자체만으로도 세계 정치사에 족적을 남길 만한 일이었다.

김정일의 안내에 따라 대통령이 걸었다.

다리가 불편한 대통령의 걸음걸이에 맞춘 김정일의 다정한 모습이 마치 친구처럼 비춰졌다.

평양으로 들어가는 길에 늘어선 60만의 인민들.

붉은색 수실로 만들어진 꽃을 들고 흔드는 그들의 얼굴에는 웃음이 하나 가득 들어 있었지만, 진정으로 행복해 보이지는 않았다.

백화원 영빈관에서 가진 양국 정상의 만남, 만수대 의사당 방문, 예술 공연 관람 등 북한에서의 공식 일정이 빠르게 지나갔다.

별도의 실무협상은 이루어지지 않았다.

이미 남북 정상회담을 갖기 위해 여러 차례 실무협상이 벌어졌고, 공동선언문의 초안까지 마련된 상태였으니 일행은 대통령을 따라 북한의 이곳저곳을 돌아다니는 게 전부였다.

대한정의당의 정우석 대표는 바로 이런 것 때문에 대통령의 정상회담 강행에 반대한 것이다.

하지만 그가 모르는 비밀이 있었다.

대통령은 최강철의 동행을 요청한 후 그가 승낙하자 실무 협상에서 나온 이야기를 솔직하게 들려주었다.

북한 측에서는 남북 정상회담의 성사 조건으로 현금 5억 달러를 요구했다는 것이다.

그 말을 들은 최강철이 침묵을 지키자 대통령은 어린 소녀처럼 얼굴을 붉혔다.

"내가 어리석게 보이나? 그럼 어떡하면 좋겠어. 그놈들이 돈을 주지 않으면 만나지 않겠다는데. 나도 자존심이 있는 사람이야. 돈을 주면서까지 구걸하며 김정일을 만날 이유가 없단 말일세. 하지만 만나기는 해야 되지 않겠나. 이대로 그냥 세월을 보내기에는 내가, 그리고 우리 민족이 너무 무심하잖아. 나는 그러고 싶지 않네. 내 임기 동안 어떡하든 그들을 만나 통일의 기초를 닦아놓고 싶단 말일세."

"만나십시오. 하지만 실무협상 팀에게 분명히 말씀하십시오. 현금을 주면 안 됩니다. 그 거지 같은 근성을 버리지 않는다면 이 만남은 의미가 없다는 걸 분명하게 전해주셔야 합니다."

"그놈들이 판을 엎으면?"

"엎지 못하도록 만들어야죠. 5억 달러의 현금 대신 500억 달러 가치의 경제협력을 제안하시면 됩니다."

"이 사람아, 우리가 무슨 수로……."

"그건 제가 알아서 하겠습니다."

그렇게 약속했다.

그리고 대통령은 그의 말을 믿고 당당하게 밀어붙여 북한을 굴복시킨 후 지금 이 자리에까지 올 수 있었다.

                    *   *   *

대통령을 따라다니는 것은 피곤한 일이었다.

하는 일은 없었지만 종일 경직된 자세로 서 있다 보니 숙소로 돌아오자 온몸이 뻐근하고 아팠다.

이제 내일이면 드디어 역사적인 공동선언문에 사인을 하고 대통령은 국민들의 환영을 받으며 귀국하게 될 것이다.

최강철은 대통령도, 정상회담을 수락한 김정일도 믿지 않았다.

정치 9단인 대통령은 언제나 진심을 담아 자신을 대하지만, 그것이 모두 진실이라고는 믿지 않았다.

내 삶이 그렇다.

나는 내 자신을 믿고 지금 벌어지는 상황과 앞으로 벌어질 일에 대한 내 판단을 믿을 뿐이다.

옷을 벗지 않은 채 창문을 통해 보이는 평양 시내에 시선을 던졌다.

북한에서 가장 거대함에도 밤이 되자 컴컴한 어둠으로 뒤덮인 평양은 마치 괴물들이 사는 도시처럼 느껴졌다.

얼마나 시간이 지났을까.

똑, 똑, 똑!

창문을 바라보던 최강철은 방문의 노크 소리에 천천히 몸을 돌렸다.

이미 그의 눈은 링에서 강력한 적을 상대할 때처럼 차갑게 가라앉아 있었다.

"누구십니까?"

"나는 노동당 부부장 현명호입니다. 잠시 문을 열어주십시오."

현명호.

국방 위원장 김정일의 비서실장 역을 담당하고 있는 실세 중의 실세이다.

그랬기에 최강철은 천천히 문으로 다가가 방문을 열었다.

바짝 마른 몸매와 어울리는 날카로운 눈매의 사나이. 방문 밖에 서 있는 남자는 분명 북한 권력 서열 13위에 있는 현명호가 분명했다.

"이 밤에 어쩐 일이시죠?"

"곧 위원장 동지께서 이곳으로 오실 겁니다. 죄송하지만 저희와 같이 가주시겠습니까?"

부탁이 아니라 협박이다.

문밖에는 세 명의 사내가 서 있었는데 전부 칼날 같은 기세를 가진 자들이다.

어느 정도 예상은 하고 있었으니 놀라지 않았다.

그가 대통령을 따라 북한에 온 것은 지금 이 순간을 위함이었다.

"가시죠."

                    *   *   *

거대한 강당.

현명호를 따라 들어간 곳은 그가 어제 가본 만수대 예술 공연장이었다.

무대 위에는 어느샌가 원목으로 만들어진 고급 식탁이 놓여 있었고 그 위에는 와인과 음식이 즐비하게 준비되어 있었다.

"잠시만 기다리시면 위원장 동지께서 들어오실 겁니다."

"알겠습니다."

말을 마친 현명호가 자기 일이 끝났다는 듯 거침없이 등을 돌려 사라져 갔다.

그 모습을 보면서 최강철은 천천히 공연장을 둘러봤다.

온통 살기뿐이다.

저기, 저곳, 창가, 그리고 관객석, 영사실, 문틈으로 나 있는 구멍.

도대체 얼마나 많은 저격수가 자신을 노리고 있는 것일까.

하지만 두렵지 않았다.

이런 것이 두려웠다면 나는 여기까지 오지도 않았을 것이다.

기다림은 오래 걸리지 않았다.

호위병들에 둘러싸여 문을 들어선 김정일은 특유의 걸음걸이로 뒤뚱거리며 무대에 올랐는데, 그가 무대에 오르는 순간 그를 따르던 호위병들이 눈 깜짝할 사이에 귀신처럼 사라졌다.

"최강철 의원, 이제야 인사를 나누게 되었구려. 반갑소."

"위원장님을 만나 뵙게 되어 영광입니다."

"앉읍시다. 내가 말이오, 최 의원하고 술을 마시려고 저녁까지 자제했더니 배가 고파 죽을 지경입니다. 나는 최강철 선수의 엄청난 팬이었소. 그런데도 지금까지 아는 체를 하지 않느라 꽤나 힘들었소. 자, 일단 한 잔 받으시오."

"감사합니다."

최강철은 김정일이 따라준 와인을 받으며 그가 행동을 멈추길 기다렸다.

확실히 행동 하나하나에 절대자의 힘이 숨겨져 있다.

여유로움과 알 수 없는 곳에서 뿜어져 나오는 미증유의 힘이 스멀거리며 최강철을 압박해 오고 있었다.

그럼에도 최강철은 그가 내민 와인 잔을 향해 가볍게 자신의 잔을 부딪쳤다.

"내가 직접 올 거라 생각했소?"

"아닙니다. 실무를 맡고 있는 고위층 인사가 올 것으로 생각했습니다."

"어디 그럴 수야 있나. 최 의원을 상대하는데 내가 오는 게 당연하지. 더불어 그쪽 대통령께서 실무협상 때 제시된 경협의 키를 최 의원이 쥐고 있다며 나보고 직접 만나보기를 권유하드만. 그러니 내가 올 수밖에."

"그러셨군요."

"먼저 묻겠소. 당신 정체가 도대체 뭐요?"

"저는 대한민국의 국회의원입니다."

"지금 나하고 장난을 하는 거요?"

와인을 입으로 가져간 김정일이 나지막이 중얼거렸다.

단순한 그 중얼거림 한마디에 장내의 살기가 갑자기 파랗게 증폭되는 것 같았다.

저 한마디에 얼마나 많은 사람이 죽어나갔을까.

"위원장님께서는 지금 저를 시험하고 계시는군요. 저는 단순히 시험이나 당하자고 여기까지 온 게 아닙니다."

"크흐흐, 간도 크구먼. 배짱이 있어."

"제가 누군지 알고 싶다면 먼저 위원장님의 가슴을 여십시오. 그래야 대화가 통할 겁니다."

김정일의 이상한 웃음소리에 최강철의 얼굴에 웃음이 떠올랐다.

절대 꿇리지 않는 패기와 투지다.

그의 웃음에 담겨 있는 건 바로 그런 것이었다.

김정일의 표정이 변한 것은 최강철의 얼굴에 들어 있는 웃음에서 그런 것들을 발견했기 때문일 것이다.

"대단하구먼. 역시 최강철이야. 세계 복싱사를 통틀어 가장 위대한 챔피언이라더니 전혀 손색이 없군. 정말 대단하오."

"칭찬이라면 감사히 받아들이겠습니다."

"가슴을 열라고 했으니 가슴을 열어야겠지. 좋소, 그럼 내 이야기를 시작하기 전에 이 잔에 든 술을 모두 마십시다."

맨정신으로는 말하고 싶지 않다는 뜻이다.

그만큼 해야 할 이야기가 심각하고 낯 뜨거운 것이겠지.

김정일은 커다란 와인 잔에 가득 술을 채운 후 마치 냉수를 마시는 것처럼 벌컥벌컥 들이켰다.

최강철도 따라서 마셨다.

그가 가슴을 열겠다고 약속했으니 자신 역시 그를 향해 성의를 보여줄 필요성이 있었다.

김정일은 한 잔으로 부족했던 모양이다.

그는 또다시 와인 잔에 가득 술을 따른 후 다시 한번 입안에 들이부었다.

그런 후 천천히 안경 너머의 최강철을 향해 시선을 던졌다.

"내 아버지 김일성 수령께서는 공화국을 나에게 물려주시며 이런 말을 남기셨소. '국가는 소유물이 아니다. 내가 너에게 공화국을 물려주는 것은 네가 호의호식하며 잘 먹고 잘살기를 바랐기 때문이 아니라, 너라면 공화국을 번창시킬 수 있을 것으로 생각했기 때문이다. 그러니 부디 너보다 공화국을 먼저 생각하거라'. 처음에는 그 말의 뜻을 잘 몰랐지. 그냥 아버지가 한 것처럼 인민들을 철저히 통제하고 군부만 확실하게 장악하면 공화국은 위세당당하게 발전할 것으로 생각했으니까. 하지만 시간이 지날수록 과거의 영광은 사라지고 우리에게 남은 것은 알 수 없는 증오와 인민들의 배고픔뿐이었소. 최 의원은 혹시 우리 공화국이 이렇게 된 이유가 뭔지 아오?"

"정확히는 모릅니다. 그러나 추측은 하고 있습니다."

"말해보시오."

"솔직히 말해도 되겠습니까?"

"괜찮소."

"솔직히 말씀드리면 매우 불쾌하실 겁니다. 그리고 어쩌면 위원장님은 분노를 참지 못하고 자리에서 일어나 돌아가실지도 모릅니다."

"그 정도란 말이지. 그렇다면 한 잔 더 합시다. 나는 술이 들어가면 더 냉정해지는 편이니까."

김정일은 다시 술을 가득 따른 후 단숨에 들이부었다.

그런 후 안주로 놓여 있는 치즈를 들어 입으로 가져가 아주 천천히 오물거리다가 삼켰다.

"자, 이제 준비되었소. 말해보시오."

"사람은 동물이 아니기 때문입니다. 외람된 말씀이나 북한의 정권은 인민들을 동물로 취급했기에 이런 가난과 고통을 겪게 된 것입니다. 더불어 썩을 대로 썩어버린 지도부의 비리가 이런 상황까지 만든 것으로 생각합니다."

"나를 포함해서?"

"그렇습니다."

김정일의 말문이 막혔다.

권력을 잡은 후 지금까지 자신의 면전에서 이런 말을 한 자는 아무도 없었다.

눈이 불타오르고 가슴이 터질 듯하며 당장에라도 눈앞에 있는 최강철을 쏴 죽이라는 명령을 내리고 싶었다.

하지만 그는 간신히 참으며 다시 술잔을 잡았다.

"최 의원은 배포가 큰 사람이오. 감히 내 앞에서 그런 소리를 하다니……"

"그런가요? 다시 한번 묻겠습니다. 지금 위원장님은 가슴을 여셨습니까?"

"음, 열기 위해 노력하고 있소."

"그렇다면 여기 오신 이유를 다시 한번 되새기길 권해 드립니다. 저는 위원장님에 대해서 모릅니다. 위원장님께서 저를 모르는 것처럼 말입니다. 그리고 저한테 감히라는 말은 쓰지 마십시오. 우리나라 대통령도 저에게 그런 말은 쓰지 못하니까요."

"뭐라고? 도대체… 당신, 뭐야?"

"저를 알기 전에 위원장님이 원하는 것을 말씀하세요. 그러고 나서 저에 대해서 말씀드리죠."

절대 밀리지 않을 것이다.

그가 비록 조선 인민민주주의 공화국의 주인이지만, 최강철은 꼬리를 만 개처럼 김정일 앞에서 기어 다닐 생각이 추호도 없었다.

하지만 김정일도 만만치 않았다.

"두 달 전 미국과 미사일 사거리 변경 협약을 했드만. 우리 군부에서 그 소식을 듣고 당장 서울을 불바다로 만들자는 걸 내가 간신히 달랬소. 당신 대통령과의 정상회담도 마찬가지야. 우린 남측에서 회담을 하자고 통사정을 해서 만나줬을 뿐이야. 어때, 최 의원. 우리가 칼을 빼 들면 남한은 지금까지

쌓아 올린 경제가 한순간에 물거품이 될 것이오. 설마 그러길
원하는 건 아니겠지?"

"협박입니까?"

"내 말이 협박으로 들리나?"

"그렇습니다. 그것도 전혀 현실성이 없는 협박으로 말입니
다. 위원장님, 저에게 그런 협박은 통하지 않습니다. 그러니
지금부터는 진짜 가슴속에 있는 말을 하시는 게 어떻겠습니
까?"

"크크크, 역시 대단하군. 지금까지 남한 정부에서 온 자들
은 내가 이렇게 나가면 언제나 꼬리를 말았는데 최 의원은 전
혀 다르구먼."

"위원장님, 시간이 없습니다. 지금부터 진솔한 대화를 나눠
도 밤을 새워야 할지 모릅니다. 그러니 이젠 시작하시죠."

김정일의 이상한 웃음소리를 들으며 최강철은 다시 한번 그
대로 들이박았다.

엉뚱한 협박과 위협이나 받자고 이 자리에 온 것이 아니었
으니 김정일의 가슴속에 남아 있는 자존심을 완전히 무너뜨
릴 필요성이 있었다.

시선이 차갑다.

그의 안경 너머에서 날아온 시선이 마치 송곳처럼 가슴에
꽂히는 것 같았다.

그럼에도 최강철은 무심한 눈으로 그의 입이 열리기를 기다렸다.

김정일의 무거운 입이 열린 것은 최강철의 태도에서 절대 꺾이지 않는 완강한 고집을 읽은 후였다.

"내 태도가 고압적이었다면 사과하겠소. 최 의원이 말한 가슴을 열라는 것은 속에 있는 고민과 고충을 전부 토해내란 말이겠지?"

"그렇습니다."

"좋소, 어차피 여기까지 왔으면서 계속 버틸 이유가 없겠지. 지금 우리 인민들은 굶주림에 배를 곯고 있소. 그것을 해결해 주시오."

"어떻게 해결해 드릴까요?"

"현금으로 5억 달러를 달랬더니 500억 달러를 투자하겠다고 했다더군. 나는 그 진위를 확인하고 싶소. 언제, 어떻게 우리한테 주겠다는 것인지 말해주시오."

"먼저 한 가지 묻겠습니다. 위원장님, 위원장님은 아직도 적화통일을 생각하고 계십니까?"

"그건 갑자기 왜?"

"저는 위원장님이 어떤 생각을 가지고 계신지 전부 알아야 합니다. 그래서 물어본 겁니다."

"최 의원도 잘 아실 텐데?"

"위원장님의 입으로 직접 말해주십시오."

"지금 전쟁이 나면 우리나 그쪽이나 전부 괴멸할 것이오. 아니지, 이젠 우리가 불리해졌어. 중국이 도와주지 않으면 남한과 일 대 일로는 승산이 없다고 하더군. 그런 상황에서 전쟁은 쉽지 않은 일이지. 적화통일이란 건 말 그대로 인민들을 통제하기 위한 수단에 불과한 것이오. 나는 그렇게 생각하오. 허나 예외의 상황은 언제나 있는 법이지. 우리 체제가 위협받거나 지금처럼 인민이 다 굶어 죽게 된다면 무엇이 두렵겠나. 그땐 우리도 사생결단을 해야 되지 않겠소? 전쟁에 이기진 못하더라도 최소한 남한 정도는 쓸어버릴 수 있는 능력이 우리에게도 있으니까."

"그렇군요."

"이젠 왜 물어봤는지 말해주시오."

"우리가 투자할 500억 달러는 북한의 태도 변화가 선행되어야 가능하기 때문입니다."

"어떤 태도?"

"적화통일이란 단어를 완전히 삭제해 주십시오. 그리고 이번 정상회담에서 저희 대통령과 종전 선언을 해주시기 바랍니다."

"종전은 미국과 협의가 되어야 할 텐데?"

"당연히 그래야죠. 하지만 우리가 먼저 해도 됩니다. 우리

땅에서 우리가 싸움을 끝내겠다는데 미국이 뭐라 하든 무슨 상관입니까. 우리가 먼저 종전 선언을 하고 추후 미국에 통보해도 상관없다고 생각합니다."

"허어……."

"우리 민족은 하납니다. 언젠가는 둘이 하나가 되어 한민족으로 거듭 태어나야 합니다. 그렇지 않습니까?"

"그거야 당연하지."

"위원장님, 저희 남쪽은 북한 인민들이 굶주림에 지쳐 아사하는 장면을 보면서 눈물을 흘렸습니다. 대한민국 국민은 아직도 북한 인민들을 같은 핏줄이라 생각하기 때문입니다. 그러니 용단을 내려주십시오."

"음……."

김정일의 입에서 무거운 신음이 흘러나왔다.

그러나 그는 쉽게 최강철의 말에 수긍하지 않았다.

지금까지 남쪽 정권과 상대하면서 겪어온 경험이 그를 그렇게 만들었다.

버티고 협박하면 남쪽 정권은 결국 꼬리를 말면서 돈과 쌀을 보내온 전례가 수도 없이 많았기 때문이다.

오죽하면 예전에는 총 몇 방 쏴주고 500만 달러를 받은 적도 있었다.

"먼저 남측이 생각하는 투자 방안에 대해서 말해보시오. 그러면 나도 생각해 보겠소."

"종전 선언을 한다면… 휴전선을 경계로 남한과 북한이 20㎞씩 병력을 물리는 것이 협의되어야 합니다. 그러면 남한의 기업들이 그 40㎞에 대규모 공장과 기업을 짓겠습니다."

"그래서?"

"그 공장과 기업들에 북한 인민들이 들어와 일할 수 있도록 하겠습니다. 도시도 만들겠습니다. 북쪽 20㎞ 범위에 근로자들이 살 수 있는 아파트를 짓고 그곳을 북한 쪽이 관리하도록 하겠습니다."

"개성이나 원산 등에 투자하는 게 아니고?"

"우린 북한 땅으로 들어가지 않을 겁니다. 언제 마음이 변해서 북한 정부가 위협을 가해올지 모르니까요. 먼저 신뢰가 쌓여야 합니다. 휴전선 비무장지대의 공장과 기업들이 돈을 벌게 된다면 차후에 북한에 대한 투자도 점진적으로 고려하겠습니다."

"으……."

김정일의 얼굴이 하얗게 굳었다.

최강철의 말은 절대로 손해 보는 장사를 하지 않겠다는 뜻이다.

북한의 싼 임금과 남한의 우수한 기술력이 합해져 제품을 만들어내면 시장경쟁력을 확보할 수 있으니 꿩 먹고 알 먹겠다는 심산이다.

그렇다고 해서 북한이 손해 보는 장사도 아니었다.

북한 인민들은 지금 칡뿌리를 캐 먹으며 버티고 있는 중이
었으니 남한에서 대규모 공장을 지어 일하게 만들어만 준다
면 고마워서 절이라도 해야 할 판이다.

그랬기에 김정일은 천천히 얼굴에 미소를 만들어냈다.

"무슨 소린지 알겠소. 그런데 말이야, 최 의원 말씀대로 그
렇게 하려면 엄청난 돈이 들어갈 텐데 그게 가능하겠소? 내가
슬쩍 그쪽 대통령에게 500억 달러 투자에 대해서 말했더니
최 의원에게 전부 미루던데, 그걸 어떻게 믿는단 말이오. 남한
기업들은 정부가 요구해도 말을 듣지 않는다고 하던데, 과연
그런 위험을 감수할까?"

"제가 최강철이기 때문입니다."

"……"

"아까 위원장님께서 제 정체를 물으신 것에 대한 답변을 지
금부터 하겠습니다. 저는 대한민국 재계 서열 1위 피닉스그룹
의 실질적인 소유자입니다. 더불어 미국 제1의 투자 기업 마이
다스 CKC의 주인이기도 하지요. 마이다스 CKC에 대해서 알
아보시면 금방 제가 어떤 사람인지 알게 되실 겁니다."

"최 의원이 마이다스 CKC의 진짜 주인이라고?!"

그토록 여유 있던 김정일의 얼굴이 하얗게 변했다.

따로 알아볼 필요도 없었다.

그는 북한의 최고 권력자이기도 했지만, 세계경제에 대해서도 상당 부분 지식을 가지고 있었다. 그래서 마이다스 CKC가 어떤 회사인지 너무나 잘 알고 있었다.

베일에 싸인 신비의 한국인.

마이다스 CKC의 주인이자 세계 최고의 부자로 알려진 사람이 바로 최강철이란 뜻이다.

"으……."

연신 신음 소리가 흘러나왔다.

얼마나 충격을 받았는지 김정일은 술잔을 잡은 채 최강철을 바라보며 한동안 입을 열지 못했다.

그 모습을 보며 최강철이 말을 이어나갔다.

"500억 달러는 제가 구상하고 있는 기본 비용입니다. 저는 위원장님께서 제 방안에 동의해 주신다면 북한이 남한만큼 잘살 수 있도록 계속 투자해 나갈 것입니다. 그러니 위원장님, 결단을 내려주시기 바랍니다. 정권은 유한하지만 민족은 영원해야 합니다. 한민족의 찬란한 미래를 위해 위원장님께서 용기를 내주신다면 한반도에 영원한 평화와 발전이 지속될 것입니다."

*   *   *

대통령은 북한에서의 마지막 밤을 뜬눈으로 새웠다.

얼마 남지 않은 생에 절대 오지 못할 것이라 생각한 북한 땅을 밟았고, 북한의 지도자와 악수를 하며 웃음을 나누었다.

일각에서는 자신의 업적을 칭송하며 노벨 평화상 운운하고 있었지만 그런 것은 관심이 없었다.

바보 같은 자들이다.

명예는 한순간의 꿈에 불과하다는 것을 알지 못하는 참모들은 그의 비위를 맞추기 위해 벌써 이번 방문에 대한 업적을 만드느라 정신이 없었다.

그가 잠자리에 들지 못한 것은 오늘 밤 벌어지고 있을 김정일과 최강철의 단독 면담에 온 정신이 가 있기 때문이었다.

최강철로부터 경협 방안을 듣는 순간 소름이 끼치는 충격을 받았다.

정말 그의 말대로 진행될 수만 있다면 남과 북은 통일에 한 걸음 나아갈 수 있게 될 것이다.

여기가 대한민국 땅이었다면 벌써 스무 번도 넘게 측근을 회담장으로 보냈을 테지만, 대통령은 그저 창밖을 바라보며 답답한 신음만 흘릴 뿐이었다.

"당신, 왜 잠을 자지 못하고 그래요. 무슨 걱정거리라도 있어요?"

"아니오. 이제 5시밖에 안 됐으니 더 자요."

손짓을 했지만 영부인은 주섬거리며 자리에서 일어났다.

그러고는 대통령의 노안을 바라보며 다가와 그의 앞에 앉았다.

"뭐 마실 거라도 드릴까요?"

"그냥 물 한 잔 줘요."

"아까 보니 녹차가 있더라고요. 따뜻한 물에 녹차 타드릴게요."

"그게 좋겠구려."

영부인도 나이가 들어 얼굴에 주름살이 가득하다.

행동도 느렸고 움직이는 다리는 앙상해서 보기가 안쓰러울 지경이다.

그녀가 타 온 녹차를 호호 불며 천천히 마셨다.

영부인은 이제 더 이상 잠을 자기 어려웠던지 그의 앞에 앉아 북한에서 보고 들은 것에 대한 이야기를 했다.

생각이 다른 곳에 가 있으니 그녀의 이야기가 귀로 들어오지 않았다.

그럼에도 대통령은 고개를 주억거리며 그녀의 말을 듣는 체해주었다.

갑작스럽게 방문에서 노크 소리가 들린 건 그녀가 어제 본

만수대 공연 장면에 대해 이야기할 때였다.

힘겹게 일어나 문을 열어주자 사색이 되어 있는 비서실장
이 서 있다.

"무슨 일이오?"

"대통령님, 급히 김정일 국방 위원장이 만나자고 하십니다."

"지금 말이오?"

대통령은 자신도 모르게 손목시계를 바라보았다.

새벽 5시 21분이다.

아직 새벽을 알리는 닭의 울음소리도 들리기 전이다.

*   *   *

남북 정상회담에 관한 정보는 실시간으로 CIA 국장에게 전
달되고 있었다.

대통령까지 신경 쓰고 있는 사안이었기에 조금이라도 이상
한 기미가 보인다면 즉각 보고해야 했다.

남북의 실무협상에 관한 세부 내용을 보고 받으며 웃었다.

북측은 거지처럼 현금을 줘야 만나겠다며 우겼고, 남측은
어떡하든 한 번이라도 만나기 위해 안달을 부리는 과정이 예
전과 다른 게 하나도 없었다.

정말 불쌍한 자들이다.

남북 정상회담은 그런 과정을 통해 성사된 것이니 나올 수 있는 게 뻔했다.

아직 남쪽에서 얼마나 줬는지 보고가 들어오지 않았지만, 결국 북한이 제시한 5억 달러 이상을 퍼주었을 게 분명했다.

남한의 대통령은 늙었음에도 욕심을 버리지 못한 것 같았다.

지지율이 바닥을 치자 예전 정권이 하던 행동을 그대로 답습하는 걸 보면 썩어빠진 이전의 대통령들과 다를 바가 없었다.

일각에서는 한국의 대통령이 북한의 지도자를 만나기 전부터 이미 그에게 노벨평화상을 줘야 한다는 말이 떠돌고 있었다.

재밌는 이야기다.

그깟 북한 지도자 한번 만났다고 노벨평화상을 받는다면 지나가던 개도 웃을 일이다.

그럼에도 그가 노벨평화상을 받게 될 가능성은 농후하다.

한국의 정치인들은 엉뚱한 곳에서 로비하는 데 귀재였고, 미국 역시 그의 수상에 반대할 이유가 없었다.

당근 전략이다.

그까짓 노벨평화상 하나 주어 한국을 순한 양처럼 다룰 수만 있다면 못 할 이유가 전혀 없었다.

CIA에서 비상이 걸린 건 북한 방문자의 명단 속에 최강철이 포함되어 있다는 것을 알고 난 후부터였다.

다른 누구도 아닌 최강철이라면 이번 정상회담에서 뭔가 예전과 다른 일이 벌어질지도 모른다.

최강철이 지닌 영향력은 CIA조차 긴장시킬 만큼 크기 때문이다.

하지만 걱정은 기우에 불과했다.

어젯밤 들어온 공동선언문의 초안 내용이 예전과 대동소이했다.

이산가족 상봉, 경제협력, 평화 유지.

'크크크, 그러면 그렇지, 다른 게 나올 리 없지.'

첨예하게 대립되어 있는 국제 정세와 북한의 특수성을 감안한다면 이번 정상회담 역시 쇼에 불과할 수밖에 없었다.

똑똑!

급하게 두드리는 노크 소리에 CIA 국장 마이클 존스는 인상을 긁으며 문을 노려봤다.

아침 일찍부터 이렇게 급박하게 방문을 두드린다는 건 급한 일이 생겼다는 걸 의미하기 때문이다.

역시 문을 열고 들어온 것은 예상대로 1급 정보관 존 헉스였다.

그는 손에 서류를 들고 있었는데 분명 홍콩에서 날아온 정보 문서일 것이다.

"뭐야?"

"국장님, 새로 들어온 소식에 따르면 남북 정상이 비밀리에 무려 세 시간이나 독대를 했답니다."

"뭐라고?"

"새벽 5시부터 8시까집니다. 그런 후 양측 실무자들이 미친 자들처럼 움직이고 있습니다. 아무래도 뭔가 있는 것 같습니다."

"그쪽에 나가 있는 우리 애들은?"

"새벽 무렵부터 북한 보위부 놈들에게 압류되어 있답니다."

"우리 애들은 한국 측 사절단 일원으로 따라갔잖아!"

"그렇습니다. 하지만 이미 북한 쪽이 알고 있던 것 같습니다."

"음……."

"최대한 알아보기 위해 움직이고 있으나 나오는 게 하나도 없습니다. 남측 놈들도 전부 입을 다물고 있기 때문에 알아내기가 어려운 실정입니다."

"이놈들이 도대체 무슨 짓을 하고 있는 거야? 알아봐! 빨리 알아보란 말이야!"

"예, 국장님."

헉스가 그의 불호령에 미친 듯이 빠져나갔다.

하지만 폐쇄적인 북한에서 보위부가 동원되었다면 어떤 정보도 빠져나오지 못할 것이다.

CIA 국장 마이클 존스의 얼굴이 심각하게 변했다.

그동안 한국 정부와 정보부서는 CIA와 밀접한 관계 속에서 모든 정보를 공유하고 미국이 원하는 쪽으로 움직였는데 최근에 들어와서는 엉뚱한 행동을 계속하고 있었다.

미사일 사거리 증가에 대해 미국의 협박에도 끝끝내 고집을 피워 성과를 얻어내더니 그동안 정상회담 과정에서의 협의도 원활치 않았다.

                    *   *   *

워싱턴 포스터지의 윌리엄은 백화원으로 아침 일찍 나와 자리를 잡은 채 남북 정상이 나타나기를 기다렸다.

이제 곧 두 정상의 공동선언문이 발표될 것이다.

벌써 20년이나 아시아 전담 기자 생활을 했기에 남북 관계에 대해서는 누구보다 잘 아는 그였다. 그래서 시큰둥한 표정을 숨기지 못했다.

불 보듯 뻔했다.

남북 정상이 만난 건 이번이 처음이지만, 두 나라의 특성상 나올 수 있는 것은 한계가 있었다.

그랬기에 옆에 서 있는 뉴욕 타임지의 로건이 긴장된 표정으로 앉아 있는 게 이해되지 않았다.

그럼에도 심상치 않았다.

대부분의 기자는 자신과 비슷한 표정을 짓고 있었지만, 중간중간 몇 놈의 얼굴에서 로건과 비슷한 긴장감이 읽혀졌다.

그가 로건의 옆구리를 찌른 것은 기자로서의 직감이 발동되었기 때문이다.

"이봐, 로건. 왜 그래? 배 아프면 얼른 화장실에 다녀와. 잘못하면 쌀 수도 있어."

"농담하지 마라."

"무슨 일 있어?"

"아직 몰라."

"너, 나한테까지 이러지 마라. 예전 콘트라 사건 때 내가 도와준 거 기억 안 나?"

윌리엄은 과거의 기억을 상기시키며 로건을 노려봤다.

하나를 주면 하나를 받는 게 이 세계의 철칙이다. 그러니 뭔가가 있다면 로건은 자신에게 정보를 넘겨줘야 나중에 욕을 먹지 않는다.

"아무래도 심상치 않아. 오늘 뭔가 큰일이 터질 것 같아."

"큰일이라니?"

"윌리엄 자네, 그동안 너무 편하게 지낸 모양이야. 도대체 어젯밤에 뭐 했어?"

"하긴 뭘 해. 북한에서 할 수 있는 게 잠자는 것밖에 더 있어?"

"쯧쯧쯧, 새벽에 CIA에서 나온 애들이 전부 구금됐다. 그리고 봐라, 보위부 애들이 완전무장 한 채 철통같이 경비를 서고 있는 거 안 보여?"

"그거야… 로건, 도대체 뭐냐? 답답하게 만들지 말고 빨리 말해."

"아침에 양측 실무자들이 미친놈들처럼 뛰어다녔단다. 뭔가 일이 벌어진 게 분명해."

"그러니까 그게 뭐냐고!"

"그걸 내가 어떻게 알아. 분위기가 심상치 않다는 거지."

로건의 대답에 윌리엄의 볼살이 밑으로 처졌다.

뭔가 있는 줄 알고 잔뜩 긴장했더니 로건의 입에서 나온 것은 일상에 대한 불협화음과 의심뿐이었다.

그랬기에 그는 다시 시큰둥한 목소리로 이죽거렸다.

"벌어지긴 뭘 벌어져? 나올 건 뻔한데. 괜히 설레발치는 거 아냐?"

"넌 아무래도 은퇴해야겠다. 기자의 감이 너무 떨어졌어."

"이 자식이 별소릴 다 하네."

윌리엄은 인상을 쓰다가 말을 멈췄다.

로건 정도에게 이런 소리를 들을 정도라면 심각하게 은퇴를 고려해 봐야겠다는 생각도 들었다.

요즘 들어 점점 일하기가 싫어지는 건 사실이었다.

그때 문을 통해 남북 정상이 나란히 손을 잡고 들어오는 것이 보였다.

머리끝이 쭈뼛 곤두섰다.

'손을 잡아?'

물론 인사를 하기 위해 악수를 할 수는 있지만, 남북 공동 선언문을 발표하는 장소에서 연인처럼 손을 잡고 들어온다는 건 상상조차 하지 못한 일이다.

하지만 그때까지는 그럴 수도 있다는 생각을 했다.

전 세계에서 지켜보는 수많은 사람들에게 보여주기 위한 일종의 팬 서비스 같은 것일지도 모른다며 그들의 다음 행동을 지켜봤다.

윌리엄과 로건, 그리고 전 세계에서 몰려든 수백 명의 기자가 전부 입을 떡 벌린 것은 남북 공동선언문이 발표되고 얼마 지나지 않아서였다.

*   *   *

제1항, 남북은 휴전 상태에 있는 현재의 상황에 대해 종전

을 선언하며 양측 모두 전쟁을 통한 통일 의지를 완전히 버린다.

제2항, 남북은 한민족으로서 상호 발전을 위해 최선을 다하며 평화적인 통일 방안을 마련해 나간다.

제3항, 남북의 교류를 위해 현재의 휴전선 양쪽 20㎞ 후방으로 병력을 철수시키며 그곳에 경제 공동 구역을 설치한다.

제4항, 경제 공동 구역에 남과 북의 기업들이 자유롭게 왕래할 수 있는 공단을 세워 경제 활성화를 도모한다.

제5항, 금년 중에 남북 이산가족의 상봉을 추진하되 원하는 지역에서 만날 수 있도록 조치한다.

제6항, ……

*   *   *

기자들이 미쳤다.

특히 대한민국의 기자들은 취재조차 잊어버리고 만세를 불렀는데, 자신이 이 역사적인 현장에 서 있는 게 믿기지 않는 얼굴들이었다.

한국 기자들 역시 이 정상회담에 그리 큰 기대를 하지 않았다.

일각에서는 대통령이 노벨상에 욕심이 있어 돈을 주고 겨우 만났다는 말이 나돌 정도였고, 실무협상 과정에서도 북한은 예전과 달라진 태도를 보여주지 않았기 때문이다.

그런데 막상 양쪽이 협의한 선언문이 발표되자 사진을 찍어야 한다는 사실조차 잊어버릴 만큼 충격을 받았다.

"이런 일이… 우리 민족에게… 이런 순간이 찾아오다니……"

공동선언문을 낭독한 두 정상이 서로를 끌어안는 모습을 보면서 기자들의 눈이 붉어졌고, 끝내 이곳저곳에서 감격의 눈물이 터지기 시작했다.

꿈을 꾸는 것 같았다.

영원히 적대하면서 살 것 같던 남과 북의 전격적인 화해와 용서는 그들을 감격하게 하기에 충분하고도 남았다.

그것은 텔레비전을 통해 생방송으로 지켜보던 대한민국 국민들도 마찬가지였다.

대통령의 방북을 지지한 사람들도, 그렇지 않은 사람들도 화해 속에서 서로를 부둥켜안은 두 정상의 모습을 보고 벅차오르는 감동을 느끼며 환호했다.

아직 세부적인 안은 나오지 않았지만 이로써 충분했다.

종전 선언, 그리고 어떠한 무력도발도 하지 않겠다는 약속과 평화통일에 대한 의지.

휴전선 양쪽으로 20㎞씩 병력을 후퇴하고 그곳에 공단과 주거지역을 설치한다는 건 그에 대한 실질적인 시행 방안이나 다름없었다.

*　　　　　*　　　　　*

모든 일정을 끝내고 비행기를 탄 대통령은 매우 지친 모습이었다.

대통령 일행이 전용기에 탈 때 김정일 국방 위원장은 대통령의 손을 굳게 잡으며 절대 약속을 어기지 않겠다고 맹세했다.

대통령 역시 최선을 다하겠다며 그의 몸을 끌어안고 등을 어루만졌다.

비행기에 탄 대통령은 측근들을 전부 물리치고 최강철을 옆에 앉혔다.

그러고는 그의 손을 잡은 채 놓지 않았다.

"최 의원, 고마우이. 정말 고맙네. 자네 때문에 내가 임기 중에 큰일을 할 수 있었구먼. 나는 이제 죽어도 여한이 없네."

"아직 할 일이 많습니다. 돌아가시면 대통령께서 중심을 잡고 일을 추진해 주서야 합니다. 모든 국민이 위대한 업적을 만들어내신 대통령님을 지켜볼 것입니다."

"아닐세. 나는 이 일을 추진할 능력이 없는 사람이야. 그러니 자네가 해주게."

"대통령님!"

"나는 돌아가면 국민께 분명히 말할 것이네. 이 일을 위해 자네가 한 일들을 말일세. 그리고 자네가 누군지도 내가 밝혀 주지. 이제 자네의 정체를 밝힐 때가 되었어. 그래야 이 일을 원활하게 추진할 수 있지 않겠는가."

"아직은 때가 아닙니다."

"이봐, 최 의원. 그렇지 않아. 나는 자네가 국회의원에 머물 사람이 아니라는 걸 너무나 잘 알고 있어. 그러니 이쯤에서 모든 걸 털고 가야 해. 국민들에게 자네가 누군지 정확히 알려주고 국가를 이끌어 나갈 자격을 얻어야 하네. 자네의 재산을 숨긴 것도 내 의지였다고 국민들께 말하겠네. 이번 북한과의 협상 때문에 어쩔 수 없이 그랬다고 말하면 국민들도 이해해 주실 거야. 그리고 대통령 연임제도 우리 쪽에서 발의하는 것으로 하겠네. 새로운 정치는 새로운 인물들이 해야 되고, 능력 있는 대통령은 계속 국가를 이끌 책임이 있어."

"저는 많은 것이 부족한 사람입니다. 대통령님께서 너무 과분하게 평가하시는 겁니다."

"수십 년을 정치판에서 뒹굴었지. 그 많은 세월 속에서 내가 얻은 건 사람을 보는 눈밖에 없어. 자네야말로 대한민국의 보배일세. 그동안 정말 많은 생각을 했다네. 자네가 지금까지 해온 일들이 과연 무엇 때문일까 하는 생각 말일세. 혹시 권력에 대한 욕심 때문이지 않을까 하는 걱정을 하면서 이 이야기를 하기까지 많은 망설임이 있었네. 하지만 이젠 아닐세. 돈과 명예를 돌같이 여기고자 그렇게 노력했어도 잘 되지 않더군. 독재와 싸우면서 목숨을 바친 인생이었음에도 말이야. 그런데 자네는 그렇지 않았어. 그것으로 충분하네. 최 의원, 조국을 위해 희생해 주게. 나는 대한민국의 장래를 자네에게 맡기고 싶네."

"저는 야당의 국회의원일 뿐입니다. 정부에는 능력 있는 인물이 많습니다."

"그들이 경제 공동 구역을 추진할 수 있다고 생각하는가. 공동선언문을 발표했지만 아직 정부는 그만한 여력이 없어. 기업들은 자신들의 이익이 우선이기 때문에 정부에서 아무리 혜택을 준다고 해도 쉽게 가담하지 않을 거야. 그동안 북한이 보여준 행태는 불신을 주기에 충분하거든."

"약속드린 것처럼 피닉스그룹이 먼저 나서겠습니다. 그러니 그건 너무 염려하지 마십시오."

"단순히 그런 것 때문만이 아냐. 김정일 국방 위원장이 수시로 자네를 만나고 싶어 한다네. 경제 공동 구역에 관한 것은 자네가 그에게 약속한 것이니 끝까지 책임을 져줘야 한다더구먼."

"그분이 보고 싶어 한다면 언제든지 만날 수 있습니다."

"이보게, 늙은이 부탁 좀 들어줘. 나는 일단 통일부 장관에 자네를 앉히고 싶다네. 그러니 허락해 주시게."

"참으로 난감한 말씀이군요. 일단 돌아가서 생각을 정리해 보겠습니다. 저의 당과 협의도 해야 할 테니 시간을 주십시오."

"알았네. 하지만 제발 내 소원 좀 들어주게. 내가 통일의 기초를 다질 수 있도록 자네가 도와주시게. 그런 후 자네가 통일을 시켜. 그러면 되잖은가!"

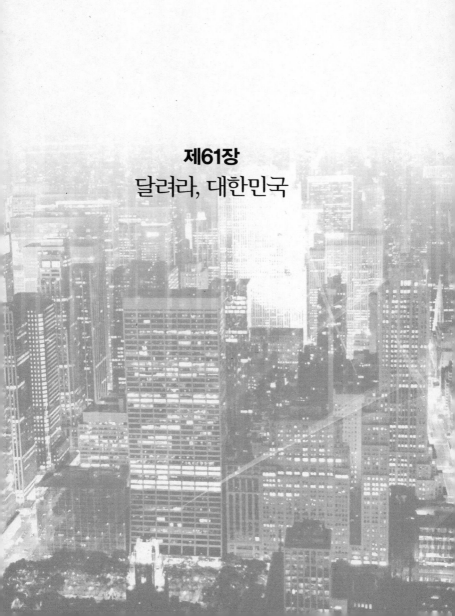

제61장
달려라, 대한민국

대통령 일행이 방북을 마치고 돌아오자 이미 모든 언론이 공항에서 기다리고 있었다.

역사적인 일을 성공리에 마치고 돌아온 대통령을 환영하기 위함이었다.

이걸 뭐라고 말할 수 있을까.

대통령의 일거수일투족이 생방송으로 국민들에게 전해졌다.

그 모습을 보면서 국민들은 늙고 지친 모습의 대통령을 향해 박수를 아끼지 않았다.

인터넷에서는 대통령이 구국의 결단을 해 한민족을 위해 수고를 아끼지 않았다며 금번 공동선언문에 대한 지지 선언이 봇물 터지듯 터져 나오는 중이었다.

청와대로 돌아온 대통령은 춘추관에서 방북 보고회를 겸한 담화문 발표의 시간을 가졌다.

벌 떼처럼 몰려든 기자의 숫자는 춘추관을 전부 채우고 남을 정도였는데, 그중에는 외신 기자가 절반을 차지하고 있었다.

담화문의 주 내용은 이번 성과를 도출하기까지의 과정과 김정일 국방 위원장의 위대한 용기에 대한 감사 인사가 들어 있었고, 선언문을 이행하기 위한 다짐과 의지로 채워졌다.

담화문 발표가 끝났음에도 대통령은 자리를 뜨지 않았다.

워낙 힘든 일정을 마치고 돌아왔기에 기자들 스스로 대통령이 쉴 수 있도록 질문을 자제해야 된다는 분위기가 있었으나, 대통령은 먼저 기자들의 질문을 받겠다며 자리를 지켰다.

처음에는 머뭇거리던 기자들도 손을 들지 않으면 금방 죽을 사람들처럼 일어섰다.

"대통령님, 저희는 국민의 한 사람으로서 대통령님의 노고에 먼저 감사를 드립니다. 정말 대한민국 역사에 길이 남을 만한 결과를 만들어내셨는데요. 이번 정상회담에서 김정일 국방 위원장과 사전 교감이 있었는지 궁금합니다."

"아닙니다. 전혀 없었습니다."

"정말 없었단 말입니까?"

"그렇습니다. 종전 선언과 향후의 무력도발, 점진적인 평화통일 의지는 전부 정상회담 과정에서 협의된 것입니다."

"분명 그런 배경에는 이유가 있을 것 같은데요. 일각에서는 북한 쪽에 막대한 현금을 지불했다는 의혹이 있는 것도 사실입니다. 죄송합니다만, 그것에 대해서 한 말씀 해주십시오!"

불쑥 나선 보수 언론의 기자가 소리를 지르자 대통령의 얼굴이 굳어졌다.

그의 태도에 불쾌감을 느꼈기 때문이다.

하지만 대통령보다 더 화가 난 건 이곳에 몰려 있는 기자들이었다.

그들은 이곳이 대통령의 담화문 발표 장소라는 걸 잊기라도 한 것처럼 소리를 지르며 분노를 터뜨렸다.

"아, 씨발! 그걸 질문이라고 해! 당신, 도대체 어느 나라 국민이야?"

"고생하고 돌아오신 대통령님께 수고했다는 말은 못 할망정 무슨 개소리야!"

"저 씨발 놈들, 또 지랄이네."

웅성거리는 소리가 끊이지 않았다.

몇몇 보수 언론이 국민의 알 권리 어쩌고 하면서 반론을 제기했지만, 터져 버린 다른 기자들의 분노를 막기엔 역부족이었다.

그런 소란을 일시에 잠재운 건 바로 대통령이었다.

"대답을 드리겠습니다. 처음 북한 쪽이 정상회담을 위한 실무협상 과정에서 지원을 요청한 것은 사실입니다. 현재 북한의 사정이 워낙 심각했고 정부에서도 그 부분에 대해 심각하게 고민했지만, 선언문과 관련해서 어떤 선지원도 없었다는 걸 지금 이 자리에서 확실하게 말씀드립니다."

"그럼 갑자기 북한이 태도를 바꾼 이유는 뭔가요?"

"바로 최강철 의원의 활약 때문이었습니다. 사실 이번 회담 결과는 최강철 의원이 김정일 위원장과 독대를 통해 이끌어낸 것입니다. 경제 공동 구역 제안도 최강철 의원의 작품이며, 김정일 위원장을 설득해 낸 것도 마찬가지입니다."

대통령의 폭탄선언에 모여 있던 300여 명의 기자들이 동시에 움직임을 멈췄다.

너무 놀란 그들은 한동안 아무 말도 하지 못할 정도로 충격을 받았는데, 도저히 이해가 되지 않았기 때문이다.

지금 대한민국은 역사적인 정치적 성과를 이끌어낸 대통령을 칭송하느라 난리가 난 상태였는데, 그 당사자가 자신의 역할이 아니었다며 고해성사를 하고 있으니 어떻게 받아들여야할지 가늠조차 되지 않았다.

하지만 그들은 기자다.

그것도 언론 중에서 미완들만 모인다는 청와대 출입 기자들이었으니 정신을 차리는 데 걸린 시간은 그리 오래 걸리지 않았다.

"대통령님, 저희는 이해가 되지 않습니다. 최강철 의원은 야당 국회의원으로서 그런 것을 실현하기에는 적절한 자리에 있지 않습니다. 정부에서 열정을 다해 추진해도 성공이 불투명한 경제 공동 구역을 최강철 의원이 제안했다고 김정일 위원장이 받아들였다는 건 상식적으로 받아들이기 어려운 일입니다."

"최강철 의원은 그런 위치에 있는 사람입니다. 왜냐하면 우리나라 재계 서열 1위인 피닉스그룹의 실질적인 총수가 바로 그 사람이기 때문입니다. 더불어 그는 전 세계적으로 가장 자금 동원력이 뛰어난 마이다스 CKC의 실질적인 주인입니다. 저는 CKC가 최강철 의원의 영문 이름 약자라고 알고 있습니다."

"허억!"

이번에는 국내 기자뿐만 아니라 외신 기자들도 비명을 질렀다.

도저히 믿을 수 없는 이야기였다.

세계 복싱사를 뒤흔들어 버린 복싱 영웅 최강철이 세계경제에서 가장 강력한 자금 동원력을 지닌 마이다스 CKC의 주인이란 사실을 어떻게 믿을 수 있단 말인가.

그럼에도 믿지 않을 수가 없다.

그 사실을 말한 이가 바로 대한민국을 책임지고 있는 대통령이기 때문이다.

"믿기 어려운 일이란 건 잘 압니다. 하지만 최강철 의원의 실체는 사실입니다. 최강철 의원이 총선에 나섰을 때 재산 내역을 모두 공개하지 않은 건 모두 제 의견이었습니다. 북한과의 정상회담을 눈앞에 두고 있는 상황에서 최강철 의원이 큰 역할을 해야 하기 때문이었습니다. 저는 이 모든 상황을 국민 여러분께서 이해해 주실 거라고 믿으며 만약 어떤 법적 문제가 발생한다 해도 최강철 의원 대신 제가 모든 책임을 질 것을 약속드립니다."

"대통령님······."

미쳤다. 미친 거다.

대통령도 미쳤고 기자들도 미쳐갔다.

남북 정상회담의 결과만으로도 충분히 대한민국을 폭발 직전까지 몰고 갔는데, 최강철에 대한 일이 대통령의 입에서 직접 나오자 기자들은 완전히 멘붕 상태에 빠져들었다.

최강철을 통일부 장관에 임명하기 위해 대통령이 직접 부탁했다는 건 충격에 끼지도 못했다.

그런 건 최강철의 정체가 밝혀지는 순간 아무것도 아니게 됐기 때문이다.

충격은 그로써 그치지 않았다.

대통령은 현재의 단임 대통령제에 대한 문제점을 열거하며 조만간 국민투표를 통한 연임제 시행을 위한 개헌까지 추진할 것임을 언급했다.

완전히 온 천지가 지뢰밭인 것처럼 사방에서 폭발이 일어났다.

오늘 대통령은 대한민국을 완전히 새롭게 변신시키려고 작정한 사람처럼 고강도 폭탄을 사정없이 터뜨리고 있었다.

*   *   *

"하시겠습니까?"

"대표님 생각이 어떠신지 물어보는 게 우선이라고 생각했습니다. 그래서 대답을 하지 않았습니다."

최강철의 대답에 정우석 대표가 깊은 한숨을 몰아쉬었다.

북한에서 돌아온 최강철은 대통령 일행과 헤어져 대한정의 당 당사로 들어와 대통령의 담화문을 같이 지켜보는 중이다.

당 대표 사무실에는 원내총무를 비롯한 당의 지도부가 전부 모여 있었는데 최강철을 바라보는 그들의 표정은 귀신을 보는 것 같았다.

이곳에 있는 사람들은 전부 최강철이 피닉스그룹을 통제하고 있다는 걸 어느 정도 알고 있었지만, 그가 마이다스 CKC의 실질적인 지배자라는 걸 알고 있는 건 정우석 대표가 유일했다. 그래서 방에 있는 사람들은 숨조차 제대로 쉬지 못했다.

더군다나 대통령이 연속적으로 통일부 장관 제의와 개헌까지 터뜨리자 분위기는 무거워질 대로 무거워졌다.

"최 의원님께서 통일부 장관을 맡으면 지금의 화해 무드를 잘 이끌어 나가실 수 있을 겁니다. 한 가지 걱정되는 건 집권당에 너무 많은 힘이 실린다는 것이죠. 이제 대선이 2년밖에 남지 않았습니다."

무거운 정우석 대표의 말에 최강철이 머리를 끄덕였다.

무슨 소린지 안다.

대한정의당이 국가와 국민을 위해 봉사하겠다고 다짐했지만, 정당으로서 정권을 잡고 싶어 하는 건 당연한 일이다.

정권을 잡아야 당의 의지를 행동으로 옮길 수 있고, 당을 발전시켜 나갈 수 있는 힘을 얻게 된다.

지금 대통령이 만들어낸 대단한 성과로 인해 대통령에 대한 지지율이 폭발적으로 올라가는 상황이고, 집권당의 인기도 마찬가지 상황이었다.

하지만 그것은 표면적인 이유에 불과했다.

정우석 대표를 비롯해서 이곳에 모인 사람들의 머리가 무섭게 돌아가고 있었다.

당장 정우석 대표만 해도 차기 대통령을 노리는 중이다.

국민의 절대적인 지지를 받는 대한정의당을 5년이나 이끌었기 때문에 대부분 국민은 그를 가장 강력한 차기 대통령으로 인식하고 있었다.

그런 마당에 최강철이 전면에 나서게 된다면 그는 대권의 꿈을 내려놓고 2선으로 물러나야 할 것이다.

그가 아무리 신망이 있다 해도 세계경제를 좌지우지할 뿐만 아니라 통일부 장관이 되어 평화통일의 기틀을 다져가는 최강철과 싸운다는 건 쉽지 않은 일이다.

분열이 생길 가능성이 컸다.

정우석 대표는 그 특유의 강직함과 청렴성으로 많은 의원의 지지를 받고 있었고, 당장 이곳에 모인 지도부에도 그를 추종하는 사람이 세 사람이나 있었다.

그걸 증명이라도 하듯 정우석 대표의 최측근인 박정환이 결연한 태도로 입을 열었다.

"다음 대선에서는 반드시 우리 당이 정권을 잡아야 합니다. 벌써 잊으셨습니까. 대한민국의 미래를 위해 싸워 나간다는 우리의 의지를 말입니다. 최 의원님께서 통일부 장관이 되어 경제 공동 구역을 직접 이끈다면 우리는 치명적인 타격을 받게 될 겁니다. 그러니 절대 대통령의 제의를 받아들여서는 안 됩니다."

"안 될 게 뭐가 있습니까. 대한정의당의 의지는 창당 이래 오직 하나였습니다. 국가와 국민을 위해서 일할 뿐, 당리당략에 의해 움직이지 않는 것이란 말입니다. 최 의원님께서 통일부 장관이 되어 일하는 것은 분명 국가와 국민을 위한 일입니다. 나는 최 의원께서 대통령의 청을 받아들여야 한다고 생각합니다."

이번에 나선 건 최강철의 최측근인 이병창이었다.

그가 나선 것도 한 가지 생각에 대한 연장선에 있었다.

바로 최강철이 차기 대통령에 나서야 한다는 사실을 공식화하고 싶었기 때문이다.

지금까지는 최강철 스스로 정치의 전면으로 나서지 않았기 때문에 마음속에 숨겨놓은 말을 하지 않았지만 상황이 바뀌었으니 이제 마음껏 치고 나갈 필요성이 있었다.

정우석 대표가 당원과 국민에게 많은 지지를 받고 있었으나, 최강철이 나선다면 상황은 백팔십도로 변하게 된다.

어떻게 보면 정우석 대표는 주인 없는 곳에서 주인 행세를 한 손님이나 다름없었다.

대한정의당을 만든 사람은 최강철이었고 대부분의 의원이

그를 추종하고 있으니 이건 싸움 자체가 안 된다.

더군다나 국민의 호응도 또한 마찬가지였다.

최강철은 이제 단순한 복싱 선수 출신의 국민 영웅이 아니라 정치인으로서, 그리고 세계경제를 주름잡는 경제인으로서 대한민국을 발전시켜 나갈 최적의 적임자였다. 그러니 국민들은 최강철에 대한 선택을 주저하지 않을 것이다.

이병창이 드디어 포문을 열자 최강철의 최측근인 허윤회, 지석훈, 박훈도 등이 벌 떼처럼 일어나 그 당위성을 역설했다.

중간에 정우석 대표 계열의 인사들이 반론을 제기했으나 숫자에서 한참이나 부족했기 때문에 그들의 목소리는 점점 커졌다.

격렬한 토론이 이어지는 걸 보며 최강철은 침묵을 지켰다.

그건 정우석 대표도 마찬가지였다.

이미 정우석 대표는 시간이 지나면서 점점 표정이 편안하게 변해갔는데, 빠르게 상황을 정리한 그는 자신의 욕심을 내려놓은 것 같았다.

직접 말은 하지 않았지만 여기 모인 상당수의 의원이 자신을 보곤 부끄러운 줄 알라며 질타하는 것 같았다.

아무것도 없던 그에게 거대 정당의 대표까지 오르게 만들어주었고, 평소의 소신대로 정치를 할 수 있게 해준 사람이 바로 최강철이었다.

그런 거지.

주인 없는 곳에서 주인 행세를 하며 자신이 그토록 간절하게 원하던 정치를 할 수 있던 것만으로도 행운이었다고 생각하면 마음이 편해질 것을 괜한 욕심으로 분란을 일으켰다는 자괴감이 그의 얼굴에 담겨 있었다.

언제까지나 침묵을 지킬 것 같던 최강철의 입이 열린 것은 이병창이 화를 참지 못하고 자리에서 일어났을 때다.

"이 의원님, 자리에 앉으십시오. 이곳은 싸우기 위해 모인 자리가 아닙니다."

"죄송합니다."

"여러분의 의견은 잘 들었습니다. 무슨 이유로 의견이 갈렸는지 잘 알고 있습니다. 하지만 여러분은 핵심을 잘못 알고 계신 것 같습니다. 정치는 말입니다. 개인의 욕심과 당의 이익을 먼저 생각하는 순간 국민들에게 외면받게 되어 있습니다. 진정으로 국민에게 존경받는 정당이 되기 위해서는 희생과 배려의 정신을 잊어서는 안 됩니다. 제가 통일부 장관을 맡는다고 해서 차기 대선에 패배할 것이라 생각하지 않습니다. 왜냐하면 향후 무섭게 발전해 나갈 대한민국을 구태의연한 집권당의 능력으로는 이끌어 나갈 수 없기 때문입니다. 더군다나 대통령이 약속한 것처럼 연임제가 시행되면 무조건 대한정의당이 정권을 가져와야 합니다. 그래야 대한민국 발전의 초석을 마련할 수 있습니다. 저는 그 적임자로 정우석 대표님을 생각하고 있습니다. 강직과 청렴의 대명사인 정우석 대표님이 차기 대통령을 맡고 유능한 인재들이 뒤를 받친다면 21세기는 대한민국의 것이 될 것입니다. 저는 영광스러운 그날을 꿈꾸며 그 순간까지 최선을 다해 정우석 대표님을 도울 생각입니다."

                    *   *   *

자유민족당이 긴급 의원총회를 연 것은 대통령이 북한에서 터뜨린 폭탄의 파괴력이 너무나 컸기 때문이다.

이대로 있으면 죽는다.

그런 긴장감과 위기감이 의원총회에 참석한 자유민족당의 국회의원들 얼굴에 담겨 있었다.

대한정의당의 약진으로 인해 직전 집권당의 위력이 대폭 축소된 상태에서 이번 일로 여당까지 약진한다면 추후의 대선에서 정권을 되찾아오는 건 불가능에 가까운 일이었다.

특히 김태진과 그 추종 세력의 반발은 강력하기 짝이 없었다.

지금까지 북한에서 대한민국에 가한 폭력과 무시, 그리고 끝없는 증오가 어디 한두 번이었단 말인가.

이번 일은 북한의 정치 쇼에 다 늙어빠진 대통령이 속아서 벌어진 일에 불과하다는 게 그들의 생각이었다.

북한은 언제 어느 때 뒤통수를 쳐서 또다시 대한민국의 숨통을 죄어올지 모르는 놈들이었다.

지금은 아사 상태에 있는 인민들을 구한다는 구실로 손을 내밀고 있지만, 만약 경제 공동 구역의 활성화로 인해 경제가 살아난다면 거기서 번 돈으로 군사력을 증진할지도 모른다. 그런 뒤 언제든지 무력도발을 해올 놈들이었다.

평화통일?

말도 안 되는 일이다.

김일성이 주창했고 정권을 이어받은 김정일의 입에서 끝없이 쏟아져 나온 말이 적화통일이었다.

그런 놈들이 한순간에 평화통일을 한다는 게 말이 된단 말인가.

그랬기에 발언권을 얻은 김태진은 위원들을 향해 울분을 쏟아냈다.

"대통령이 북한에서 한 짓은 반역 행위입니다. 우리의 주적이 북한이란 건 변하지 않는 사실인데 막대한 돈을 들여 도와주다니요. 이게 말이 된다고 생각하십니까? 북한은 괴수와도 같은 놈들입니다. 불과 몇 해 전에 서해에서 총격을 가해와 무고한 장병이 15명이나 산화했습니다. 이런 놈들과 무슨 평화통일을 한단 말입니까? 안 됩니다. 속으면 안 됩니다. 우리

당은 그들이 하는 짓에 강력히 반대해야 합니다."

"그렇습니다. 또한 지금 우리가 정부의 정책을 반대하지 않으면 우리 당은 고립무원에 빠지게 됩니다. 믿을 수 없는 북한, 그리고 우리 자유민족당의 미래를 위해서라도 이 공동선언을 강력히 규탄하는 성명을 발표해야 합니다."

"그뿐만이 아닙니다. 지금 한참 잘나가는 경제에도 문제가 생길 겁니다. 만약 북한이 변심해서 일순간에 경제 공동 구역을 폐쇄라도 한다면 우리 경제는 파탄지경에 빠져들 겁니다. 이런 사실을 국민들에게 알려야 합니다. 그래서 우리가 처한 위기를 벗어나야 합니다."

김태진에 이어 의원들이 들고일어나 떠들었다.

당연한 말이고 너무나도 일리가 있는 주장이었다.

그들의 말 중에서 의원들의 가슴을 가장 아프게 만든 것은 현재의 정치 상황이었다.

남북 공동선언으로 인해 국민들의 지지율이 치솟고 있는 걸 보면서 자유민족당 국회의원들은 모두 불안함을 감추지 못했다.

대선이 문제가 아니었다. 이대로라면 차기 총선에서 자유민족당이 설 수 있는 근거지까지 무너질 수 있었다.

그랬기에 대부분의 의원은 침묵 속에서 그들의 말에 동조하며 고개를 끄덕였다.

그때 자유민족당을 이끌고 있는 김호명이 천천히 단상으로 나갔다.

그는 이전 정권에서 총리를 지낸 사람으로, 총선 참패 후 이전 지도부가 사퇴하면서 이번에 당 대표에 올랐다.

한동안 정치판에서 떠나 야인으로 살다가 명동에서 다시 당선되었다. 그가 국회로 돌아오자 자유민족당은 활기를 띠기 시작했다.

그만큼 거물이기 때문이다.

그가 국민들에게 보여준 정치적 능력과 행동, 그리고 철학은 충분히 존경받고도 남았는데 자유민족당 국회의원 상당수가 그를 따랐다.

대권에 도전할 수 있는 능력이 있었음에도 일신상의 사정을 핑계로 정계를 떠난 그가 다시 돌아온 건 자유민족당의 처참한 현실을 두고 볼 수 없었기 때문이다.

"의원 여러분의 말씀 잘 들었습니다. 충분히 일리가 있는 말씀이었기에 저는 앉아 있는 동안 가시방석에 몸을 눕힌 느낌이었습니다. 하지만 자유민족당 의원 여러분, 여러분도, 저도, 그리고 지금까지 상황을 이끌어 온 대통령도 지구상에 단 하나밖에 없는 대한민국의 국민이란 사실을 잊으시면 안 됩니다. 여러분께서도 아시다시피 현재 대부분의 국민은 대통령의 평화통일 추진 방안에 압도적인 지지를 보내고 있는 중입니다. 이런 상태에서 반대라니요. 정치는 큰 틀을 보고 원대한 꿈속에서 해야 된다고 배웠습니다. 우리가 야당이라 해서 무조건 반대만 한다면 대한민국이 어디로 가겠습니까? 그것은 국가와 국민, 그리고 우리 당에도 치명적인 독이 되어 돌아올 것입니다. 제가 오늘 급히 의원총회를 연 것은 대통령의 공동선언에 반대하기 위해서가 아닙니다. 우리도 동참해야 되기에 회의를 연 겁니다. 적극적으로 정부를 도와 남북 관계가 개선되어 나갈 수 있도록 우리도 같이 움직여야 합니다. 그래야 국민들께서 우리 당을 인정해 줄 것입니다. 집권당을 적극적으로 돕고 있는 대한정의당이 국민께 지지받는 이유를 우리는 지금부터라도 배워 나가야 합니다. 당리당략 이런 거, 과감하게 포기합시다. 지역주의, 반공, 우익, 이런 것으로만 지지자들을 규합해선 절대 자유민족당이 작은 틀에서 벗어나지 못할 겁니다. 우리, 국가를 위한 정책으로 승부합시다. 잘한 건 도와주고 잘못한 건 과감하게 비판하며 국민께 신뢰를 얻어갈 때, 자유민족당은 건전한 보수를 대표하는 정당으로 새롭게 태어날 수 있을 겁니다. 그러니 의원 여러분, 새롭게 마음을 되새기고 미래를 향해 전진해 나갑시다."

*   *   *

편하게 사는 것이 좋지 않겠냐고?

그래, 맞아.

평범한 인간은 평범한 삶 속에서 행복을 느끼며 한평생을 행복하게 살다 가는 것이 가장 좋은 거야.

나도 한때는 그런 생각을 했었지.

퇴근하고 돌아오면 마누라가 지어준 따뜻한 밥을 먹고 아이들과 도란도란 이야기를 나누며 텔레비전을 보는 것이 꿈이었다.

하지만 나는 인생에 실패했고, 루시퍼의 도움으로 다시 이 자리에 돌아왔잖아.

나는 이제 평범하지 않았고, 평범하게 살려 해도 그리 될 수가 없어.

이미 나는 괴물이 되어 있으니까.

　　　　　*　　　　　*　　　　　*

남북 공동성명에 대한 자유민족당의 지지 선언은 의외였으나 국민의 여론을 통합하는 가장 결정적인 원인이 되었다.

반공과 보수, 우익을 대표하는 자유민족당의 행동에 국민들이 두 팔을 벌려 환영의 뜻을 나타냈다.

그들이 반대했을 경우 보수 언론과 상당수의 국민이 동참하면서 여론이 분열될 수도 있었기 때문이다.

인터넷과 언론에서는 대승적인 행보를 한 자유민족당의 지지 선언을 특종으로 보도했다.

물론 그 와중에 김태진을 비롯해 7명의 골수 우익 의원들이 탈당을 결행했지만, 자유민족당은 향후 당리당략을 생각하지 않으며 오로지 국가를 위해 일할 것이란 당의 의지를 거듭 밝혀 국민들의 박수갈채를 받았다.

최강철은 대통령의 제안을 받아들여 통일부 장관에 올랐다.

일복이 터졌다.

그가 해야 할 일은 한둘이 아니었는데, 대통령이 전권을 맡겼기 때문에 각 부처의 장관들과 수시로 협의하면서 경제 공동 구역에 관한 일들을 추진해 나가야 했다.

별도로 여러 개의 전담 팀을 만들었다.

먼저 경제 공동 구역 추진을 위한 마스터플랜 작성 팀을 만들었고, 북한과의 접근성을 확보하기 위해 서울과 평양을 잇는 고속도로 건설 팀, 추진 과정에서 발생할 수 있는 문제점을 해결하기 위한 북한과의 실무협상 팀, 경제 공동 구역 참여 기업을 모집하는 태스크포스팀 등이 속속들이 구성되었다.

양측이 경제 공동 구역을 만든다는 원칙에 합의했지만, 선행되어야 할 일은 한두 가지가 아니었다.

먼저 병력의 철수가 우선되어야 했다.

후퇴한 부대의 주둔지와 만약의 사태를 대비한 방어 전략도 새롭게 준비되어야 했기에 국방부는 정신이 없을 정도였다.

하지만 최강철은 어려움을 호소하는 국방부 장관의 문제 제기를 단칼에 끊으며 무조건 1년 안에 철수해야 된다는 것을 거듭 주장했다.

그것은 북한 쪽에도 마찬가지였다.

직접 다시 북으로 올라가 김정일을 만난 최강철은 난색을 표하는 그에게 약속을 지키라고 엄포를 놓았다.

김정일은 웃었다.

그러고는 최강철은 향해 자신보다 훨씬 추진력이 좋다며 술을 권해왔다.

1년이란 시간은 금방 지나갔다.

양국의 병력이 완벽하게 휴전선에서 물러난 지 꼭 일주일 되는 날, 피닉스건설 팀이 각 천만 평으로 구성된 5개 경제 공동 구역으로 진입했다.

서해와 중부 쪽에 4개의 지구가, 동해 쪽은 1개의 지구가 계획되어 있었는데 양쪽에서 샅샅이 지뢰 제거 작업을 했지만 위험이 상존했기에 극히 어려운 작업이었다.

당연히 발주는 정부에서 했고, 피닉스건설이 단독으로 수

의계약에 참여했다.

일종의 특혜였지만, 그 이면에는 피닉스그룹 계열사가 먼저 경제 공동 구역에 공단을 세운다는 조건이 있었고, 이것이 특혜라고 보기도 어려웠다.

위험을 감수하면서 모험을 하는 피닉스그룹의 희생에 대해 정부는 조금이라도 더 도움을 주기 위해 움직이고 있었다.

아무도 그에 대해 불만을 제기하지 않았다.

정부에서도 언론을 통해 이런 사실을 국민에게 알렸기 때문이다.

언제든지 참여하라.

참여하는 기업에는 엄청난 특혜를 줄 테니 망설이지 말고 참여하라는 메시지였다.

하지만 선뜻 참여하겠다는 기업은 그리 많지 않았다.

기업은 이익이 우선되어야 움직이는데 경제 공동 구역으로의 입성은 이익보다 위험과 불안이 훨씬 컸기 때문이다.

피닉스건설 팀의 공단 부지 조성 작업은 6개월 만에 끝났다.

주로 평야지대를 지구로 선정했고, 피닉스건설 쪽에서 전력을 다해 추진했기 때문이다.

그때부터 피닉스그룹이 움직이기 시작했다.

전자를 비롯해서 20개의 계열사를 거느린 피닉스그룹은 공단마다 그룹사를 배정해서 공장을 지었다.

피닉스그룹의 계열사는 단순히 1개의 기업이 아니라 그 자체가 움직이는 공룡이었다.

당장 피닉스전자만 해도 그 휘하에 100여 개의 협력사가 있었고, 자동차와 중공업, 그리고 조선과 화학도 마찬가지였다.

피닉스그룹 사장단의 행동은 일사불란했다.

경제 공동 구역을 추진하는 사람이 실질적인 그룹 회장 최강철이었기에 그들은 통일부에서 계획한 마스터플랜을 맞추기 위해 정신없이 움직였다.

문제는 북한 근로자들이 머물 아파트를 짓는 것이었다.

워낙 거대한 예산이 들어가기 때문에 정부 예산이 부족했다.

그때 최강철이 그것을 해결했다.

피닉스건설이 먼저 건설한 후 정부에서 여력이 생길 때 갚는 방안이었다.

다른 건설사 같았으면 말도 안 되는 일이다.

신도시 규모의 아파트를 짓기 위해서는 막대한 자금이 소요되기 때문에 외상으로 짓게 된다면 살아남을 건설사가 한군데도 없을 것이다.

피닉스건설의 최기문 사장이 장관실로 찾아온 것은 북한 근로자들이 살게 될 아파트 신축 계획을 보고하기 위함이었다.

"사장님, 어서 오세요. 요즘 고생이 많으시죠?"

"아닙니다, 장관님."

"차는 뭐로 드릴까요?"

"시원한 걸로 주십시오. 워낙 급하게 뛰어왔더니 목이 마릅니다."

"하하, 그러시죠."

그를 따라 들어온 비서는 최기문 사장의 말을 듣고 나가더니 바로 시원한 주스를 가지고 들어왔다.

주스를 순식간에 마셔 버리는 걸 보니 목이 마르긴 말랐던 모양이다.

"그래, 총 소요 금액이 얼마나 될 것 같습니까?"

"도시별로 1조씩은 잡아야 할 겁니다. 그러니 총 5조는 봐야지요."

"정부에서는 올해 얼마나 줄 수 있다고 하죠?"

"어제 들어가 보니 1,000억 정도는 가능하다고 하네요. 터무니없는 돈입니다."

"괜찮습니다. 제가 들어보니 내년부터는 5,000억 수준은 편성할 수 있다더군요."

"그러면 뭐 합니까. 저희가 잡은 건 이윤을 전부 제외하고 산정한 금액입니다. 이윤까지 따지면 정부는 우리한테 매년 5,000억씩 15년을 줘야 합니다."

"어쩔 수 없는 일이죠. 그래도 사장님은 남는 장사잖습니까. 대금 지불은 마이다스 CKC에서 나가는데 뭘 그러세요."

"하하, 주머닛돈이 쌈짓돈이니까요."

"어디 봅시다."

최기문이 익살스러운 표정을 짓자 최강철이 빙그레 미소를 지었다.

사실이다.

피닉스건설은 마이다스 CKC에서 자금 지원을 받기 때문에 건설 자체에서는 손해 볼 것이 전혀 없는 상황이었다.

물론 주머닛돈이 쌈짓돈이라는 말도 맞다.

어차피 건설에서 번 돈은 다시 마이다스 CKC로 들어가게 되어 있으니 그 돈이 그 돈이다.

최강철이 손을 내밀자 최기문 사장이 가지고 온 도면을 펼쳤다.

거기엔 설계사가 만든 단지 계획도와 아파트 구조도가 담겨 있었는데 초안 수준이었다.

도면을 살펴보던 최강철의 표정이 슬그머니 굳어진 건 아파트 구조가 너무 형편없기 때문이었다.

북한 근로자가 산다는 선입감 때문에 최대한 싸게 설계한 것이 분명했다.

"사장님, 이건 안 됩니다."

"안 되다니요?"

"아파트의 구조가 형편없고 단지 조성 계획도 엉망입니다. 다시 준비하세요."

"장관님, 그러면 금액이 올라갑니다. 근로자들이 살 건데 무리할 필요가 있겠습니까? 지금도 정부는 한계에 부딪힌 상황입니다. 솔직히 말씀드리면 우린 돈을 받지 못하게 될지도 몰라요. 생각해 보세요. 앞으로 고속도로에도 예산이 들어가야 하고 철도도 계획하고 있잖습니까. 거기에 항만과 추가적인 공단 조성도 필요할 겁니다. 대통령이 장관님을 볼모로 잡은 건 그런 이유 때문입니다. 장관님께서 모르고 승낙한 건 아니겠지만, 마이다스 CKC의 자금 여력이 아무리 좋다고 해도 너무 희생이 커집니다."

"이 아파트들은 북한 주민들에게 꿈의 궁전이 되어야 합니다. 그들은 이곳에서 꿈과 희망을 키워 나가며 자유를 몸에 익혀 나가야 되니까요. 무슨 뜻인지 아시겠어요?"

"음……."

"사장님, 돈이 더 들어도 좋습니다. 그러니 아름답고 살기 좋은 도시를 만드세요. 이곳이 그들에게 낙원이 되도록 만들어줘야 합니다."

*   *   *

한번 구르기 시작한 비탈길의 수레바퀴는 절대 멈추지 않는다.

인위적으로 누군가가 가로막기 전에는.

그리고 그 인위적인 것에는 김정일을 포함한 북한의 기득권층이 존재한다.

그들은 50년이란 세월 동안 무소불위의 권력을 휘둘러 왔으며 자신들에게 해가 된다고 판단하면 언제든지 역사의 수레바퀴를 막기 위해 움직일 수도 있었다.

그렇기에 최강철은 경제 공동 구역이 누군가에 의해 가로막히지 않도록 최선을 다했다.

공단을 건설하고 신도시를 만들어내는 건 그것을 추진하는 동력만 있으면 되지만, 북한이란 존재는 언제 어떻게 변할지 모른다. 최강철은 수시로 북으로 넘어가 추진 과정에서 문제점이 발생하지 않도록 철저하게 체크해 나갔다.

먼저 북한 주민이 배를 곯지 않도록 국제적십자의 도움을 받아 쌀을 공급했다.

당연히 가장 크게 지원한 곳은 한국 정부와 최강철이 이끄는 마이다스 CKC였으나 국제적십자를 끌어들인 건 북쪽이 장난치지 못하도록 공개적인 감시를 하기 위함이었다.

기득권층의 부정부패.

인민들에게 돌아갈 쌀을 그대로 방치하면 그들은 마치 원래부터 자신들의 것인 양 아무런 거리낌 없이 뒤로 빼돌릴 가능성이 컸다.

최강철은 김정일을 위해 매달 백만 달러씩 안겨주었다.

국가의 지도자는 통치 자금이 필요했고, 최강철은 그가 풍족하게 쓸 수 있도록 자금을 지원해 주었다.

공식적인 돈이 아니다.

그럼에도 최강철이 그 돈을 준 이유는 인위적인 방해가 발생하지 않도록 기름칠을 하기 위함이었다.

불만 세력을 잠재우고 그 역시 지도자로서 품위를 유지할 수 있도록 도와준 것이다.

2002년 한일 월드컵의 광풍이 불어닥쳤다.

이번에는 붉은 옷이다.

최강철을 응원할 때마다 푸른 깃발을 들고 응원하던 국민이 지금은 대표팀을 상징하는 붉은 악마 티를 입고 광화문으로 집결했다.

4강 신화의 달성, 그리고 국민들의 열광과 환호.

마치 아름답고 화려한 꿈처럼 행복한 순간들이 대한민국을 연일 적시고 있었다.

*   *   *

2002년 대선은 새로운 한국의 역사가 시작되는 첫 행사였다.

국민투표를 거쳐 중임제로 개헌한 이후 처음 시행되는 대통령 선거였기 때문이다.

최강철은 약속한 대로 정우석이 후보로 나서도록 만든 후 선거 기간 내내 미친 듯이 뛰어다녔다.

선거가 다가오면서 대통령에게 양해를 얻은 후였고, 장관직을 벗어던졌기 때문에 아무런 제약도 없었다.

공직자는 선거에 관여해선 안 되기 때문에 어쩔 수 없는 선택이었다.

이미 경제 공동 구역과 신도시는 피닉스그룹의 강력한 추진력에 의해 공정율이 20%를 넘긴 상태였고, 원활하게 추진 중이었기에 대통령은 쓴웃음을 지으며 고개를 끄덕일 수밖에 없었다.

2년 동안 통일부 장관을 맡아 남북 관계를 이끌어온 최강철은 이미 복싱 영웅에서 정치 영웅으로 거듭난 상태였다.

2년 내내 언론에서 그의 이름이 내려온 적이 없을 정도였다.

그가 하는 모든 일이 화제였고, 그가 움직일 때마다 수십 개의 언론이 따라다녔다.

전국 방방곡곡을 돌며 정우석을 지원해 달라고 외쳤다.

그가 뜰 때마다 국민들은 유세장이 터질 만큼 밀려들었는데, 정우석에 대한 연호보다 최강철이란 이름이 훨씬 크게 흘러나올 정도였다.

국민들도 아는 것이다.

지금은 최강철이 정우석을 지원하고 있지만, 언젠가는 그가 직접 대한민국을 이끄는 순간이 찾아올 것이란 걸.

그럼에도 선거는 만만치 않았다.

호남을 근거지로 삼고 있는 집권당은 남북 관계의 호전과 경제의 활황에 힘입어 지지율이 급상승했고, 영남을 근거지로 삼는 자유민족당도 그동안 정부의 정책에 적극적으로 협조하며 이미지를 상승시켜 그 경쟁력이 상당했다.

한 달의 선거 유세 기간이 지나고 선거일이 다가오자 최강철은 서지영과 함께 투표소로 향했다.

부모의 곁에서 걷는 최정후.

벌써 5살이 되었기 때문에 최정후는 엄마인 서지영의 손을 잡고 씩씩하게 걸었는데 자신을 바라보는 사람들을 향해 웃음을 짓는 여유까지 보였다.

최강철 부부가 나타나자 투표장은 난리가 났다.

링을 떠난 지 오래되었지만 최강철은 여전히 영웅이었고, 그를 향한 국민의 사랑은 식을 줄 몰랐다.

투표를 끝낸 후 최강철은 서지영과 헤어져 당사로 들어섰다.

이미 당사에는 대부분의 의원이 나와 출구 조사 결과를 기다리고 있는 중이었다.

이번 대선주자는 모두 9명이었지만, 나머지는 떨거지에 불과했고 경쟁력을 가진 사람은 오직 3명뿐이었다.

그가 당사에 마련된 선거 캠프에 들어서자 수많은 의원이 자리에서 일어나 인사를 건넸다.

그들과 일일이 악수를 나누며 앞으로 걸어가자, 오늘의 주인공인 정우석 대표가 맨 앞자리에 앉아 있다가 자리에서 일어나 다가왔다.

"대표님, 그동안 고생하셨습니다."

"최 의원님이 수고하셨어요. 나는 여러 번 선거를 해봤지만, 이렇게 쉬운 선거는 처음이었어요. 최 의원님이 다 해주셨으니 나는 그냥 가만있었을 뿐입니다."

"그럴 리가요. 얼마나 고생하셨는지 대표님 얼굴이 핼쑥해지셨습니다."

"일단 앉읍시다. 곧 출구 조사가 발표된다고 하네요."

정우석 대표의 안내를 받아 그의 옆자리에 앉았다.

사실 말도 안 되는 일이다.

대통령 후보의 옆자리는 당의 지도부가 자리하는 게 암묵적인 룰이었기 때문에 초선인 최강철이 앉는다는 건 어울리지 않는 일이었다.

그럼에도 이곳에 모인 의원 모두는 그것이 당연한 일이라고 생각했다.

누가 최강철을 단순한 초선의원이라 생각한단 말인가.

선거 개표방송이 시작되자 시끄럽던 장내가 일순간에 조용해졌다.

텔레비전 화면에서는 남녀 아나운서가 나와 6시가 되기를 기다리고 있었는데, 불과 3분여가 남았을 뿐이다.

꿀꺽.

저절로 침이 넘어갔다.

그 3분이 마치 3시간처럼 느껴질 정도로 길었다.

이윽고 6시를 알리는 종소리가 울리자 잔뜩 긴장하고 있던 아나운서의 입에서 출구 조사 결과가 흘러나왔다.

정우석 43%, 집권당의 이정현 25%, 자유민족당의 김호명이 27%였다.

출구 조사 결과가 나오자 선거 캠프에 나와 있던 대한정의당의 모든 의원이 만세를 불렀다.

이 정도면 판이 뒤집힐 가능성은 전무했다.

워낙 오차범위를 벗어날 만큼 격차가 컸기 때문에 대한정의당 의원들은 서로를 껴안고 승리에 대한 기쁨을 숨기지 않았다.

최강철도 정우석을 끌어안았다.

그리고 그의 귀에 대고 소리를 질렀다.

"축하합니다, 대통령님! 앞으로 대한민국을 멋지게 이끌어주
십시오!"

                    *   *   *

드디어 무너졌다.

호남과 영남으로 나뉘어 지역 싸움을 하던 정치판이 대한
정의당의 출현으로 무너지기 시작하더니 기어코 전국 정당을
추구하는 대한정의당으로 정권이 넘어갔다.

그 배경에는 지역감정을 부추기던 정치판의 행태에 진절머
리를 친 국민들의 의식이 있었고, 대한정의당이 지역의 한계
를 깨며 보여준 정도 정치가 신뢰를 받았기 때문이다.

더불어 최강철이란 존재가 정치판에 기름을 부었다.

누군가는 이번 선거가 최강철에 의해 결정되었다고 평가할
정도였으니 그의 영향력이 얼마나 컸는지 충분히 알 만했다.

그럼에도 최강철은 그저 미소만 지으며 비어 있던 통일부
장관 자리에 다시 들어갔다.

정권 인수 과정을 거쳐 대통령에 오른 정우석은 내각을 구

성하면서 최강철을 통일부 장관 자리에 그대로 연임시켰다.

그를 대신할 수 있는 사람은 아무도 없었기에 언론이나 국민조차도 당연히 통일부 장관은 그의 자리라고 생각할 정도였다.

*   *   *

정권이 대한정의당으로 넘어가면서 야당은 하나로 통합되는 수순을 밟아나갔다.

대선 패배 이후 이전 집권당이던 여당과 자유민족당은 원래부터 한 뿌리였다는 사실을 들먹이며 자연스럽게 하나가 되었는데, 그 이면에 담겨 있는 건 국민들에게 압도적인 지지를 받고 있는 대한정의당의 견제였다.

순식간에 탄생한 거대 야당.

무려 167석을 확보한 거대 야당의 새로운 명칭은 '민주연합'이었고, 신보수를 자처하며 국가와 국민을 위한다는 기치를 내걸었다.

어찌 보면 대한정의당과 똑같은 정치 이념이었다.

정부와 대한정의당은 그들의 통합을 향해 아낌없는 박수를 보내주었다.

현재의 난립된 정치판은 정리될 필요성이 있었기 때문이다.

새롭게 탄생한 정우석 정권은 제일 먼저 그동안 기업의 발목을 잡고 있던 불필요한 법률들을 차례대로 정리해 나갔다.

기업이 잘되어야 국민이 행복하고 나라가 발전한다는 생각이었다.

그다음이 부패를 뿌리 뽑는 것이었다.

정경유착에 대한 봉쇄, 그리고 공무원들의 부정과 비리를 원천 차단하는 정책을 펼쳐 나갔다.

그동안 이전 정권에서 하던 보여주기식 쇼가 아니라 실질적인 정책들이었다.

일벌백계.

비리를 저지른 공무원은 그 신상을 낱낱이 공개해서 부끄러움에 치를 떨도록 만들었고, 돈 봉투를 건넨 기업과 민원인도 똑같이 처벌해서 다시는 그런 짓을 할 수 없도록 뿌리를 뽑아냈다.

기업의 불법 증여에 대해서도 칼을 꺼내 들었다.

재벌가에서 만연하고 있던 자식에 대한 편법 증여가 발각될 경우 두 배의 증여세를 부과한다는 법률을 통과시켜 완전히 패망하도록 조치했다.

그 첫 번째 희생자가 유일그룹이었다.

그들은 삼성에서 하던 것처럼 순환출자를 통해 자식에게 그룹을 물려주려는 시도를 하다가 무려 1조에 달하는 증여세를 얻어맞고 오너가 경영 일선에서 완전히 물러나는 된서리를 맞았다.

그 외에도 정우석 정부는 그동안 그들이 꿈꿔온 대한민국을 만들기 위해 밤잠을 설쳐가며 일했다.

그중 가장 국민에게 칭찬을 받은 건 대학입시 문제였다.

정부는 기업의 임금체계를 개선해서 대학 졸업자와 고졸 출신 근로자의 임금격차를 최소화해 나갔다.

더불어 고등학교의 면학 분위기를 바꾸기 위해 학생들이 원하는 것을 할 수 있는 수업 제도를 도입했다.

공부를 잘하는 학생에게는 면학 분위기를 조성해 주었고, 그렇지 않은 학생에게는 운동, 예술, 음악 등 원하는 것을 할 수 있도록 효율적인 특활 제도 운영에 힘썼다.

동시에 지속적인 캠페인으로 국민 의식 변화를 시도해 나갔다.

자식을 반드시 대학에 보내야 한다는 부모들의 의식을 바꾸는 것이 다른 어떤 제도보다 중요했기 때문이다.

          *   *   *

시간은 빠르게 흘렀다.

바쁘게 움직이는 사람의 시간은 그렇지 않은 사람에 비해 훨씬 빠르게 흐른다.

2004년의 총선에서 대한정의당은 156석을 확보해서 과반수를 넘겼고, 민주연합은 134석을 차지했다.

국민들은 현명했다.

대한정의당이 정권을 도와 대한민국을 무섭게 변화시키고 있었지만, 야당인 민주연합이 건전한 비판 세력으로 제 역할을 충실히 하여 일방적인 독주를 허락하지 않았다.

대한정의당이 정권을 잡은 후 대한민국의 경제는 무섭게 세계로 뻗어 나가기 시작했다.

2004년 12월.

피닉스전자에서는 안드로이드 운영체계를 기반으로 한 스마트폰 '판타스틱 1'를 선보였는데 그동안 시중에 나온 제품들과 워낙 기술력에서 차이가 났고 가격 경쟁력이 뛰어나 전 세계의 이목을 단숨에 끌어모았다.

그뿐만이 아니다.

피닉스전자는 10나노급 메모리 반도체를 세계 최초로 생산하면서 반도체 시장의 독주를 이끌었는데, 더욱 무서운 것은 시스템 반도체 부분에서도 그동안 막대한 투자를 하면서 독보적인 기술력을 확보하기 시작했다.

피닉스건설의 신장세도 무서웠다.

국내 건설 시장의 확보는 물론이고 사장교, 현수교 등 비용이 30% 이상 절감되는 건설 기법을 개발하면서 해외 수주가 줄을 이었다. 그리고 세계 최초 터널 자동화 굴착 시스템을 개발한 이후 전 세계 장대 터널 굴착이 대부분 피닉스건설로 넘어간 상태였다.

피닉스자동차의 약진도 대단했다.

일반 자동차 시장을 축소하는 대신 전기 자동차의 개발에 총력을 기울여 조만간 신제품이 출고될 예정이다.

무엇보다 피닉스자동차가 전 세계의 이목을 한꺼번에 집중시키고 있는 건 전기 자동차의 배터리가 별도의 충전 없이 자체 발전을 통해 무한대로 움직인다는 것이다.

물론 배터리의 수명은 한정이 있기 때문에 1년에 한 번 교환이 필요하지만, 그것만으로도 압도적인 기술이었기에 신제품이 출시된다면 자동차의 혁명이 일어날 게 분명했다.

그 외에도 피닉스중공업과 피닉스조선을 비롯해 화학, 증권 등 모든 계열사가 국내를 장악한 이후 세계로 뻗어 나가는 중이다.

그동안 마이다스 CKC의 지원과 자체적으로 벌어들인 돈을 전부 신기술 개발에 재투자하면서 나온 성과이다.

해외는 물론이고 국내 투자자들까지 피닉스그룹의 상장에 목을 매고 있었다.

마이다스 CKC의 지분이 100% 투자된 피닉스그룹은 아직

주식시장에 상장하지 않고 있었는데, 워낙 무시무시한 신기술이 계속 개발되고 있었기 때문에 만약 상장만 된다면 계열사마다 천문학적인 자금을 확보할 수 있을 것이다.

하지만 최강철은 아직 피닉스그룹의 상장을 생각하지 않고 있었다.

미국의 시스코는 물론이고 윈도우, 호리즌과 엠파이어, 주식시장에서 벌어들이고 있는 돈과 부동산 상승 가치까지 따진다면 매년 200억 달러 이상의 수익이 들어오는 중이었으니 자금은 아직 충분했다.

때가 오기를 기다린다.

피닉스그룹의 상장은 대한민국의 역사를 바꾸어야 할 시기에 이루어질 것이다.

*   *   *

최강철이 압구정동의 일식집 '긴자'에 도착한 것은 저녁 6시가 조금 넘어서였다.

급한 일을 처리하다 보니 약속 시간을 지키지 못했다.

경제 공동 구역의 마무리를 위해 정신없이 일하다 보니 이성일을 만난 게 벌써 6개월이 넘었다.

오늘은 윤성호까지 미국에서 날아왔기 때문에 최강철은 작정하고 시간을 냈다.

그가 도착해서 문을 열고 들어서자 초긴장 상태에서 기다리고 있는 지배인과 종업원들이 보였다.

그들은 오늘 최강철이 온다는 소식을 듣고 오후 4시부터 아예 다른 손님을 받지 않았다.

당연히 자발적으로 한 일이다.

이곳 주인은 오래전부터 최강철의 극렬한 팬이었고 지금도 최강철이라면 껌뻑 죽을 정도로 좋아했기 때문에 아예 예약이 된 시간부터 문을 걸어 잠글 정도였다.

그렇게 해놓고 주인은 얼굴조차 보이지 않았다.

최강철이 불편하지 않도록 종업원들을 단단히 교육시킨 후 자신은 아예 가게에 나오지 않은 것이다.

예약실의 문을 열고 들어서자 너무나 보고 싶던 얼굴들이 나타났다.

"관장님, 이게 얼마 만입니까?"

최강철이 덥석 윤성호를 끌어안았다.

나이가 들었음에도 윤성호는 똥배가 전혀 나오지 않아 여자를 안는 것처럼 품에 쏙 들어왔다.

"하하, 1년 만이지. 우리 장관님, 얼굴이 엉망일세. 요즘 고생한다는 소린 들었어. 미국 텔레비전에서 제일 많이 보는 게 강철이 네 얼굴이야. 거의 매일 뉴스에 나오거든."

"그런가요?"

"이제 경제 공동 구역이 곧 오픈한다면서? 그래서 그런가? 미국 언론들이 매일 난리들이야. 그런데 정말 대단하더라. 난 규모가 그렇게 클 줄은 상상도 못 했어. 이건 그냥 공단이 아니라 거대한 기업 도시더구먼."

"당연하죠. 공단 하나당 무려 3만 명이 일하거든요. 5군데 전부 합치면 15만 명입니다. 그리고 점점 늘어날 거예요. 지금도 기업들이 계속 들어오는 중이거든요."

"장하다, 장해. 난 네가 복싱할 때부터 알아봤어. 언젠가 꼭 커다란 사고를 칠 거라고."

"하이고, 관장님. 이놈은 그때도 계속 사고를 치고 있었어요. 잘 알면서 그러세요."

"그런가?"

중간에 끼어든 이성일의 말에 세 사람의 얼굴에서 동시에 웃음이 떠올랐다.

이성일은 나이가 40이 넘을 때부터 서서히 머리가 벗겨지더니 이제는 소갈머리(?)가 휑하게 보일 정도였다.

오랜만에 허리띠를 풀러놓고 마음껏 마셨다.

보고 싶던 얼굴들과 옛날 일을 이야기하면서 마시는 술은 감로주와 다를 바 없었다.

최강철도 바빴지만 그들 역시 정신없이 살아가고 있었다.

미국과 한국에서 영화 투자회사를 차린 그들은 연속으로 대박을 터뜨리며 돈을 긁어모았다. 이 모든 것이 최강철의 조언에 의한 것이었다.

미래를 알고 있는 최강철로서는 너무나 쉬운 일이었지만 그들에게는 순간마다 기적일 수밖에 없었다.

한참 웃고 떠들며 술을 마시던 윤성호의 입에서 과거 복싱할 때의 영광스러운 장면들이 회상되었다.

그는 그때 그 순간들이 부자가 된 지금보다 훨씬 더 행복했던 모양이다.

"난 네가 챠베스를 쓰러뜨릴 때 심장이 멈추는 줄 알았어. 숨을 쉬고 싶어도 쉬어지지 않더라."

"난 정신이 멍해져서 아무것도 보이지 않았어요. 다 죽어가던 놈이 그런 짓을 벌일 줄 누가 알았겠어요."

"그러니까 불사조지. 지금도 전 세계 복싱 팬들은 강철이를 그리워하고 있을 정도야. 강철이의 인기는 아직도 여전해."

"당연한 말씀이죠. 강철이를 누가 당하겠어요."

쿵짝이 맞는 건 예나 지금이나 변함이 없다.

그들의 최강철에 대한 신뢰는 의심의 여지가 없을 만큼 단단했다.

그때 윤성호의 입이 불쑥 열리며 최강철을 바라봤다.

"강철아, 너 메이웨더란 놈 들어봤냐?"

"복싱 선수 말하는 거죠?"

"그래."

"그 친구는 왜요?"

"그놈이 요즘 가장 잘나가고 있거든. 얼마나 **빠른지** 별명이 번개야. 엄청난 스피드, 그리고 수비력, 아웃복싱만 가지고 따진다면 역사상 가장 뛰어나다는 게 전문가들의 평이다."

"하하, 그런 평가를 들은 친구들이 한둘입니까."

"아니라니까. 그놈은 진짜야. 웃긴 건 인파이터가 아닌데도 엄청난 인기를 얻고 있어. 사람들은 그놈의 복싱을 보면서 예술의 경지에 올랐다고 말하더라. 그만큼 화려하고 날카로우며 치명적이지."

"또 성격 나오시는군요. 말 빙빙 돌리는 걸 보니 뭔가 하고 싶은 말이 있는 모양이네요. 뭡니까?"

"그놈이 저번주에 너를 언급했어. 역사상 최고의 복서라는 너에 대한 평가를 자신은 인정하지 못하겠다고. 한마디로 네가 운이 좋았다는 거야. 만약 그 시절에 자신이 활동했다면 세계 최강이란 명예로운 평가는 자신의 것이 되었을 거라고 단언하더라."

"아직 어린애가 떠드는 소리에 불과합니다."

"당연하지."

"아직 할 말이 남았죠? 얼굴에 그렇게 쓰여 있는데요?"

"쩝, 그놈이 너만 원한다면 한번 붙고 싶단다."

"그 새끼는 뭔 개소리를 그렇게 한답니까. 강철이가 은퇴한지 얼마나 되는데 그런 싸가지 없는 소릴 해요?"

윤성호의 말을 듣고 이성일이 소리를 버럭 질렀다.

메이웨더라면 그도 잘 아는 놈이다.

놈을 한마디로 표현할 수 있는 단어는 언터처블이다.

워낙 방어력이 대단했고, 정타로 그의 얼굴을 맞힌 선수가 없기 때문에 붙여진 별명이다.

더군다나 지금은 한창 전성기를 구가하는 중이었으니, 43살이나 된 최강철과 싸우고 싶다는 말은 그냥 해본 소리에 불과할 것이다.

하지만 윤성호의 얼굴은 그리움에 젖어 있었다.

"알아. 말도 안 되는 소리지. 그런데 그 말을 듣는 순간 피가 끓더라. 나도 모르게. 지상 최강의 남자 최강철에게 감히 붙자는 소리를 하는 놈의 얼굴을 보는 순간, 가슴이 무섭게 뛰면서 이렇게 대답하고 싶었어. 덤벼, 이 자식아! 진짜 세계 최강이 어떤 건지 보여줄 테니까!"

*   *   *

"김 위원장이 뭐라고 하던가요?"

"불쾌함을 숨기지 않았습니다. 하지만 결국 인정하더군요. 그로서는 우리를 막을 명분이 없으니까요."

"그 사람 많이 약해졌습니다. 예전 같았으면 당장 경제 공동 구역 추진을 때려치우겠다며 방방 뛰었을 텐데요."

"저는 어느 것 하나도 김 위원장에게 숨기지 않았습니다. 북한은 경제를, 남한은 군사력을 키우겠다고 했습니다. 지금 우리가 군사력을 키워 나가는 것은 결코 북한이 목표가 아니라 주변 강대국과 맞설 수 있는 힘을 기르기 위함이란 걸 계속 설득시켰습니다."

"그래도 가슴이 시릴 겁니다."

"아무래도 그렇겠죠. 대통령님, 그래도 우리는 해야 합니다. 북한의 눈치를 보면서 우리가 지금까지 해오던 것들을 그만둘 수는 없습니다."

"당연한 말씀이요."

최강철의 강한 눈빛을 받으며 정우석 대통령이 고개를 주억거렸다.

누군가 싫어한다고 해서 멈출 일이 아니었다.

대한민국의 미래가 달려 있으니 결코 이 일을 멈추지 않을 생각이다.

"이제 출발하시죠."

"얼마나 걸릴까요?"

"두 시간은 잡아야 할 것 같습니다. 어차피 서울 공항까지 가려면 시간이 걸리니까요."

"그럼 출발합시다."

대통령이 먼저 자리에서 일어났고 최강철과 비서실장, 그리고 국방부 장관 등이 그를 따라나섰다.

오늘은 비룡에서 개발한 전투기 '불사조2'의 시험비행이 있는 날이었다.

'불사조2'는 3년 전 개발되어 공군에 납품하기 시작한 '불사조1'의 후속 모델로, 무기체계가 상당 수준 보강되었고 스텔스 기능까지 탑재된 차세대전투기였다.

비행 속도는 최대 마하 2.0까지 가능했으며, 대공미사일 알람 6기, 사이드와인더 4기가 장착되었다.

작전 거리는 1,500㎞로 한반도의 완벽한 통제가 가능했다.

2006년.

무려 13년 동안 150억 달러를 쏟아부은 끝에 맺은 결실이다.

최강철은 통일부 장관을 맡아 공동경제구역을 전담하며 추진하는 와중에도 비룡에서 만들고 있는 '불사조2'에 대한 지원을 아끼지 않았다.

'불사조2'는 비록 미 공군의 F—22랩터에는 아직 못 미치는 성능이지만, 현재 대한민국의 주력기인 F—16보다는 훨씬 우수한 전투기였다.

대통령 일행과 최강철이 도착하자 정일환 박사는 직접 마중을 나와 그들을 통제실로 안내했다.

통제실에는 수많은 전자기기가 놓여 있었는데, 그 한가운데에 날렵한 기체를 지닌 전투기가 출격을 위해 준비하고 있는 모습을 비춰줬다.

"저놈입니까?"

"그렇습니다."

"정말… 잘생겼군요."

정우석 대통령이 모니터에 비친 전투기를 보며 감탄을 숨기지 않았다.

기체의 유려한 곡선에서 폭발적인 힘이 느껴졌기 때문이다.

대통령 일행이 착석하자 정일환 박사의 지시에 의해 '불사조2'가 창공을 향해 날아올랐다.

순간 가속으로 까마득한 창공을 향해 솟구친 '불사조2'의 몸체가 하늘에서 번쩍이며 섬광을 빛냈는데, 이륙한 지 얼마 안 됐는데도 맨눈으로 식별이 어려웠다.

불사조2의 유영은 한동안 계속되면서 대통령에게 보여주기 위한 알람 미사일과 사이드와인더 미사일을 발사했다. 곧 미사일은 창공을 뚫고 빠르게 날아가는 장면을 연출해 냈다.

"대통령님, 불사조2는 공중전 능력이 발군입니다. 중장거리 공격이 가능한 6발의 알람 미사일은 유령처럼 적기를 격추할 수 있습니다. 현재의 전투력으로 봤을 때 불사조2는 미국이 자랑하는 F—22랩터를 제외하고는 상대할 전투기가 없을 정도입니다."

"정말 장합니다. 고생하셨어요. 그래, 불사조2의 실전 배치는 언제나 가능합니까?"

"금년 중에 25대를 생산할 수 있습니다."

"그럼 얼른 합시다. 구매 예산은 내가 어떡하든 배정할 테니 구식 기종을 전부 대체합시다. 이 정도면 중국, 일본과 상대할 수 있는 거죠?"

"충분히 가능합니다. 다만 서두르지 않았으면 좋겠습니다."

"그건 왜 그렇소?"

"저희는 슈퍼 크루즈 기능을 비롯해서 스텔스 기능, 무기체계와 작전 능력 향상을 위해 현재 비룡이 보유하고 있는 세계적인 기술진이 전부 달라붙어 있는 상태입니다. 앞으로 5년 정도면 우리는 세계 최강이라는 F—22랩터를 상대할 만한 전투기를 생산할 수 있게 됩니다. 회장님께서는 불사조3의 개발을 위해 매년 20억 달러의 예산을 책정해 놓은 상태입니다. 대통령님, 저희는 그때까지 불사조2를 100기만 생산할 예정입니다. 앞으로 대한민국의 영공은 불사조3가 지킬 것이기 때문입니다."

"그게 정말이오?"

대통령이 정일환 박사의 말에 최강철을 바라보았다.

도대체 이 사람은 무슨 생각을 가지고 있는 걸까?

정부에서 아무런 도움도 주지 못하고 있는데, 신무기 개발을 위해 자신이 지닌 돈을 물 쓰듯 쏟아붓고 있으니 무슨 말을 해야 할지 입이 떨어지지 않았다.

지금 자신의 국정 운영은 최강철이 없으면 불가능한 일 천지였다.

당장 금년 준공되어 본격적으로 가동되기 시작하는 경제 공동 구역부터 세계경제를 주름잡기 시작한 피닉스그룹의 약진, 현재 피닉스중공업과 조선에서 제작 중인 차세대 전차 및 신형 전투함의 건조는 마이다스 CKC의 투자가 없었다면 불가능한 일이었다.

하지만 그의 충격은 거기에서 그치지 않았다.

"비룡은 불사조3 외에 스텔스 기능이 탑재된 전폭기 삼족오—1과 조기 경보기도 제작을 시작한 상태입니다. 불사조3가 완성되는 시기에 맞춰 전략기들의 생산도 가능할 것 같습니다."

"으……."

"대통령님, 불사조3와 나머지 전략기들이 전진 배치되기 시작한다면 동아시아의 제공권은 우리가 완벽히 장악할 수 있습니다."

"휴우, 내가 뭐라 말을 해야 될지 모르겠군요. 장합니다. 정
말……"

정우석 대통령이 차마 말을 이어나가지 못했다.

정신없이 국정을 운영하다 보니 비룡에 관한 부분은 제대
로 챙기지 못했는데 이들은 그늘 속에서 국가의 영광을 위해
수고를 아끼지 않고 있었다.

그동안 조용히 있던 최강철이 입을 연 것은 대통령이 이제
막 착륙하는 불사조2의 날렵한 기체를 바라보며 다시 한번
감탄하고 있을 때였다.

"정 박사님, 대통령님께 미사일 개발에 관한 부분도 같이
말씀드리세요. 대통령님께서는 알고 계셔야 되지 않겠습니
까?"

"예, 회장님."

최강철이 입을 연 순간부터 대통령의 시선에 긴장감이 어렸
다.

뭐가 또 있느냐는 시선.

"이미 아시는 것처럼 저희는 사거리 3,000㎞의 미사일을 개
발 완료한 상태입니다. 단순히 미사일의 사거리만 늘린 게 아
니라 자동제어가 가능한 스텔스 기능을 탑재해 놓은 상태입
니다. 미사일에 완벽하게 자동제어가 가능한 스텔스 기능이

탑재된 건 세계 최초입니다. 문제는 시험 발사를 통해 기능을
확인해야 된다는 겁니다."

"음……."

"현재 미국과 협의된 미사일 사거리 양해 각서가 유효한 상
태에서 시험 발사는 불가능합니다. 대통령님, 이제 서서히 우
리가 결단을 내릴 시기라고 생각합니다."

"그건 안 됩니다. 미국과 긴장을 고조시키게 되면 자연스럽
게 경제에도 타격이 옵니다. 지금 한창 불붙고 있는 경제에
찬물을 끼얹을 수는 없어요."

"하지만……."

국정을 먼저 생각하는 대통령의 대답에 정일환 박사가 강하
게 거부감을 나타내려 하자, 최강철이 중간에 나서며 손을 들
어 그의 입을 막았다.

그런 후 천천히 정우석 대통령을 향해 고개를 돌렸다.

"대통령님의 말씀이 맞습니다. 지금 당장 미국과 충돌할 이
유는 없지요. 우리는 남북 경제공동체가 막 시작되고 있는 중
입니다. 우리 민족에게 가장 중요한 시기죠. 그러니 지금은 인
내하고 참아야 할 때입니다."

"회장님, 그러면 우리가 구상하고 있는 일들이 계속 틀어집
니다. 양해 각서에는 고체 연료 사용이 절대 불가하다는 내용
이 담겨 있어요. 우리가 연구하고 있는 ICBM은 고체 연료를

사용한다는 전제가 깔려 있습니다."

"압니다. 그래서 더욱 안 된다는 겁니다. 미국은 우리가 ICBM을 개발한다는 걸 아는 순간 동맹관계까지 깰 수 있어요. 그만큼 우리가 강해지는 걸 원하지 않기 때문이죠. 그러니 미국과 대등한 관계가 될 수 있을 때까지 참아야 합니다."

"그게 언젭니까?"

"불사조3와 전략기들이 전진 배치되었을 때, 그리고 우리 기업들이 세계를 본격적으로 사냥하기 시작할 때 우리는 당당하게 미국과의 협약을 깨뜨릴 겁니다."

                    *   *   *

남북한의 경제 공동 구역이 오픈되는 날 세계의 모든 시선이 한꺼번에 몰렸다.

거의 2,000여 명의 외신 기자가 대한민국으로 날아왔고, 국내 기자들까지 한꺼번에 몰려들었기 때문에 준공식장은 일반 참석자보다 기자들의 숫자가 더 많을 지경이었다.

정말 대단한 규모이다.

공사가 진행되는 동안에도 그 규모에 놀랐지만, 막상 모든 기업체의 공단이 완성되어 자태를 드러내자 참석자들은 입을 벌린 채 다물지 못했다.

그러나 그들의 놀라움은 휴전선 북쪽에 마련된 신도시를 확인하는 순간 탄성으로 변해갔다.

최첨단의 매머드한 도시 모습은 아름답고 깨끗했다. 그 모습이 눈에 들어오자 외신 기자들은 '원더풀'이란 단어를 수없이 토해냈다.

정말 대단했다.

단순히 근로자들이 머문다고 생각하기에는 너무나 고급스러운 환경이었다.

널찍한 공간으로 고층아파트들이 쭉쭉 올라갔고, 그 공간 사이로 아름다운 나무와 꽃들이 자리했다.

북한은 오랜 시간 동안 사상 검증을 끝낸 사람들을 추려내어 경제 공동 구역에서 일할 수 있도록 조치했다. 그렇게 함으로써 체제에 균열이 가는 것을 막고자 했다.

더불어 별도의 치안대를 마련해 근로자들의 감시 체제를 마련했는데, 그 숫자가 무려 2,500명에 달했다.

비록 경제를 살리려고 남한과의 협약을 통해 공단에 참여했지만, 북한 주민들에 대한 통제를 포기하지 않겠다는 의지였다.

최강철은 계속된 실무협상에서 그들의 주장을 가로막지 않았다.

어차피 이 일은 시간이 해결해 준다.

상대를 무리하게 압박할 필요도 없었고, 주장을 내세워 각을 세울 필요도 없었다.

대신 최강철은 북한 근로자들의 통금 시간을 10시까지 늘렸다.

북한 정부에서는 8시에 무조건 돌아와야 한다는 조건을 내밀었지만, 최강철은 그것만큼은 절대 양보하지 않았다.

최강철이 경제 공동 구역을 만들어 북한 근로자들을 고용한 것은 단순히 싼 임금 때문이 아니었다.

그들에게 진정한 자유가 어떤 것인지 알게 함으로써 인간의 삶에 대한 가치를 터득하게 하고 싶었다.

그랬기에 공단 근처에는 근로자들이 마음껏 먹을 수 있는 음식점과 편의점, 운동시설, 쇼핑센터, 오락 시설을 충분히 마련해 놓았다.

                    *   *   *

정우석 대통령의 연임은 당연한 일이었다.

국민들의 절대적인 지지를 받았고, 그가 추진한 정책들은 하나씩 사회 전반에 자리 잡아 대한민국 사회를 한 단계 성숙한 경지로 이끌었다.

공무원의 부정과 비리는 눈을 씻고 봐도 찾아볼 수 없었고 조폭들은 아예 씨가 말랐다.

범죄율은 사상 최저였으며, 대학입시 때문에 학생들이 괴로워하던 시간도 사라져 버렸다.

더군다나 대선을 얼마 남겨두지 않은 시점에서 경제 공동구역이 준공되며 본격적인 남북경협이 시작되자, 국민들은 정우석 대통령을 압도적인 지지로 연임시켰다.

정우석 대통령이 대선에서 다시 정권을 잡자, 최강철은 본격적으로 북한에 대한 접근성을 확보하기 시작했다.

그는 곧바로 북한으로 올라가 김정일을 만났는데, 2차 경협의 토대를 마련하기 위함이었다.

주석궁으로 들어서자 김정일이 버선발로 뛰어나와 그를 반겼다.

이제 그는 최강철을 마치 친동생처럼 여기고 있었다.

"최 장관, 요새 왜 이리 뜸했어. 내가 얼마나 보고 싶었는데."

"대선 때문에 상당히 바빴습니다. 지금 이 시기에 정권이 바뀌면 안 되잖습니까?"

"하하, 그건 그렇지. 그러지 않아도 내가 대통령께 축하 인사를 전하고 화환도 보냈어. 그랬더니 그 양반, 무척 좋아하더구먼."

"말씀 들었습니다."

"자네가 온 건 분명 일 때문이겠지? 그러나 우리 오늘은 허리띠 풀어놓고 마음껏 마셔보세. 좋은 술 가져왔지?"

"예, 위원장님께서 좋아하시는 밸런타인 30년산을 준비했습니다."

"잘했어. 역시 최 장관은 내 마음에 쏙 든단 말이야."

오후부터 시작된 술자리는 저녁 9시까지 계속되었다.

만찬에 참여한 사람은 모두 9명으로 현재 북한을 주무르고 있는 실세들이었는데 당과 군의 책임자였다.

김정일의 최측근인 그들은 남북경협이 시작된 이래로 무려 20여 명의 반란 주동자를 숙청했다.

자신들의 위치에 불안함을 느낀 군부의 장성들이 대부분이었는데, 주도면밀한 김정일은 사전에 계획을 눈치챈 상태였다. 결국 그들은 즉각 사형대로 보내졌다.

김정일과 그의 측근은 전부 주당이었다.

밸런타인 30년산이 10병이나 동이 났지만, 술에 취한 사람은 하나도 보이지 않았다.

"최 장관은 언제 돌아갈 건가?"

"내일 가야 합니다. 제가 워낙 바빠서요."

"공단 일도 마무리됐는데 뭐가 그리 바빠. 며칠 더 쉬다 가게. 내가 자네하고 할 말이 많아."

"이번에는 진짜 안 됩니다. 이러다가 마누라한테 쫓겨날 것 같습니다. 대선 때문에 집에 안 들어간 지 한 달이 넘어요. 그리고 바로 여기로 왔잖습니까. 위원장님, 그러니까 이번엔 좀 봐주십시오."

"하아, 자네 공처가구먼그래."

"애처가라고 해주십시오."

"좋아, 그럼 시간이 없을 테니 지금부터는 자네가 가져온 이야기를 해봐. 이번엔 뭘 들고 온 거야?"

최강철의 대답에 웃음을 머금고 있던 김정일이 슬그머니 화제를 돌렸다.

부드럽고 따뜻한 시선.

이런 시선이 철혈의 지배자 눈에서 나온다는 게 이해되지 않을 정도였다.

"위원장님, 경제 공동 구역이 이제 본격적으로 움직이기 시작했으니 앞으로 북한 경제도 숨통이 트이기 시작할 겁니다. 하지만 그것만 가지고는 어렵죠. 지금은 남쪽의 기업들이 주가 되어 북한 주민을 고용하는 정도이지만, 본격적으로 북한 경제가 살아나기 위해서는 북한 스스로 자구책을 마련해야 됩니다. 독립적인 기업이 운영되어야 한다는 것이죠. 그래서 저희 남한 정부는 서울과 평양을 잇는 고속도로와 원산까지 연결하는 철도를 건설해야 한다고 생각했습니다. 2차 경협의 시작입니다. 그 교통망을 이용해서 개성과 원산, 신의주 등에 경제 자치구를 설치하는 것이 좋겠습니다. 그것 때문에 왔습니다. 위원장님의 생각은 어떠신지요?"

"음, 우리는 돈이 없어."

"엄살떨지 마십시오. 그래도 공짜는 없습니다. 국가와 국가가 움직이는데 공짜가 어디 있습니까?"

"그럼 어떡하잔 말이야?"

"고속도로와 철도 건설에 필요한 비용은 우리가 대겠습니다. 대신 북한은 그 비용의 대가로 자원을 주시고 인력을 동원해 주십시오. 자치구의 공장들도 일단 우리 남한 기업이 먼저 들어가서 운영하겠습니다. 힘들면 북한 기업은 그다음에 들어와도 됩니다."

"우리 인민들을 동원해서 건설할 생각인가?"

"그렇습니다. 꿩 먹고 알 먹는 것이죠. 우리는 북한의 자원을 가져가고 북한 주민들에게 임금을 제공하겠습니다."

"괜찮군."

당연히 괜찮은 제안이다.

남한이 아니라면 누가 이런 제안을 할 수 있단 말인가.

당장 중국만 하더라도 경제 지원을 한다면서 알짜 지하자원을 전부 자신들의 수중에 넣는 만행을 저질렀다.

배고파 죽을 지경이 아니었다면 절대 받아들일 수 없을 만큼 손해인 제안이었으나, 김정일은 눈물을 머금고 그들의 제안을 받아들였다.

북한에 고속도로와 철도가 개통된다면 누가 좋겠는가?

당연히 북한 땅에 설치되는 것이니 이익의 대부분은 북한이 누릴 수밖에 없다.

그럼에도 김정일은 쉽게 최강철의 제안에 고개를 끄덕이지 않았다.

이면에 깔려 있는 저의.

그 저의가 그의 고개를 선뜻 끄덕이지 못하도록 만들었다.

"아예 우리 인민을 전부 선동해서 자본주의에 빠져들게 만들 생각이구먼. 이봐, 최 장관. 자네 너무 급하게 나가는 거 아닌가?"

"아닙니다."

"전혀 다른 뜻이 없다고?"

"없습니다. 우리는 북한이 준비될 때까지 절대 먼저 움직이지 않을 겁니다. 분명히 말씀드리지만 저, 그리고 우리 남한 정부는 북한이 잘살기를 바랄 뿐입니다. 통일은 그 이후의 일입니다. 먼저 잘사십시오. 그렇게 되기까지 남한이 무조건 도와드리겠습니다."

"휴우!"

김정일의 입에서 무거운 신음이 흘러나왔다.

도저히 이해가 되지 않는다.

남한의 이전 정권은 언제나 적대심을 불태웠다.

그들은 북한을 주적으로 놓고 정치에 이용하느라 정신이 없었는데, 최강철이 나타나고 난 후부터는 전혀 다른 양상이 펼쳐지고 있었다.

이제 전쟁이 벌어질 수 없다는 건 누구보다 자신이 더 잘 알고 있다.

현재 대한민국의 개인당 국민소득이 3만 달러를 넘었다는 보고를 받았다.

북한과 비교한다면 50배가 넘는 격차였다.

더군다나 군사력도 비교가 되지 않을 지경이다.

중국에서 건네받은 정보에 따르면 남한은 최근 들어 전투기를 자체 생산했고, 최첨단 구축함과 전차, 그리고 미사일까지 개발하면서 압도적인 군사력을 구축하는 중이다.

그랬기에 김정일은 최강철을 빤히 바라보며 고민에 빠져들었다.

북한의 교통망을 개방하고 남한의 기업들이 진출하기 시작한다면 체제의 붕괴는 시간문제였다.

"이봐, 최 장관. 우리에게 얼마나 시간을 줄 텐가?"

"아까 말씀드린 대로 저희는 절대 먼저 움직이지 않을 겁니다. 시간은 위원장님께서 결정하십시오."

"약속할 수 있겠나?"

"원하신다면 국제사회가 모두 알 수 있도록 협약서를 체결
하겠습니다."

*　　　　*　　　　*

최강철은 평양에서 돌아온 후 곧장 청와대로 들어갔다.

워낙 중요한 임무였으니 그 결과를 알려줄 필요가 있었다.

"어서 오세요. 고생하셨습니다."

"제 일인걸요."

"앉읍시다. 그래, 갔던 일은 어떻게 됐습니까?"

정우석 대통령의 얼굴에 조바심이 묻어났다.

그만큼 최강철이 들고 간 제안이 중요했기 때문이다.

대통령에 당선되었을 때 최강철은 불쑥 찾아와 그에게 재
선 기념으로 선물을 주고 싶다며 2차 경협에 관한 이야기를
꺼냈다.

무리라고 생각했다.

이제 막 경제 공동 구역이 가동되기 시작한 시점에서 남북
한을 연결하는 교통망을 건설하고 북한에 경제자치구를 만든
다는 건 쉽지 않은 일이라 생각했다.

무엇보다 북한의 반대가 심할 것이다.

경제 공동 구역을 마련한 것과 아예 북한 땅에 경제자치구

를 만든다는 건 근본적으로 다른 의미가 담겨 있었다.

그렇기에 조바심을 숨길 수 없었다.

만약 북한에서 최강철의 제안을 받아들인다면 통일의 길에 바짝 다가설 수 있는 기틀이 마련될 것이다.

"김정일 위원장의 허락을 받아냈습니다."

"정말이요?"

"그렇습니다."

"허어, 허허허……."

최강철의 대답에 바짝 긴장하고 있던 정우석 대통령의 입에서 이상한 웃음이 흘러나왔다.

이렇게 쉽게 일이 해결될 줄은 상상도 하지 못했다.

비록 최강철이 북한과의 관계를 물 흐르듯 유지해 왔지만, 이번 경제자치구의 추진은 수많은 난제가 첩첩산중이었다. 그래서 정우석 대통령은 불가능한 일이라고 생각했다.

하지만 최강철은 그 불가능한 일들을 식은 죽 먹기처럼 해치워 버렸다.

"다음 달에 실무협상을 시작하는 것으로 협의했습니다. 추진 방안은 교통망과 경제자치구를 동시에 시행하는 것입니다."

"그렇게나 빨리요? 최 장관님, 그러다가 북한이 변심이라도 하면 우리 기업들은 엄청난 손실을 볼 수도 있습니다."

"알고 있습니다. 하지만 김정일 위원장이 이렇게 전향적으로 나올 때 밀어붙여야 합니다. 이 기회를 놓치면 언제 또 이런 기회가 우리에게 올지 모릅니다. 그러니 대통령님, 재가해 주십시오."

"잘하실 수 있겠죠?"

"이번에도 피닉스그룹이 먼저 들어가겠습니다. 손실을 보더라도 피닉스그룹이 책임을 지겠습니다."

"휴우, 난 이제 겁이 납니다. 일이 이리 무섭게 추진되니 뭘 어떻게 해야 할지 갈피를 못 잡겠어요."

"대통령님, 제가 해내겠습니다. 저에게 맡겨주십시오."

"그래요. 그래 주세요. 지금까지 해온 것처럼. 최 장관님, 정말 고맙습니다."

"별말씀을요."

최강철이 깊숙이 고개를 숙이자 정우석 대통령이 마주 인사를 했다.

진정에서 우러나온 상대에 대한 존경의 표시였다.

뒤늦게 차를 가져오라고 시킨 대통령은 북한에서 있었던 일들에 대해 이것저것 물어보았다.

김정일 위원장을 경제 공동 구역 준공식 때 만난 적이 있지만, 대부분의 일 추진은 최강철이 모두 했다. 그래서 북한에 대해서는 궁금한 것 천지였다.

최강철은 현재 벌어지고 있는 북한의 상황에 대해 상세하게 설명해 주었다.

최근에 벌어진 숙청부터 현재 북한을 이끌고 있는 지도층의 특성, 김정일이 추구하고 있는 이상에 관한 것이었다.

김정일은 최강철에게 이미 여러 번 북한에 대한 통치 권력을 포기할 수 있다는 이야기를 한 적이 있다.

취중에도 했지만 맨정신으로도 자신의 뜻을 말했다.

아버지로부터 물려받은 권력을 자식에게 줄 생각이 전혀 없다며, 인민들만 잘살 수 있다면 권력을 포기할 의향이 있다는 것이었다.

여러 번 말했지만 대통령과 각료들은 최강철의 말을 믿지 못했다.

북한을 50년 동안 철권통치 해온 백두산 혈통의 말을 믿기에는 그들이 그동안 자행해 온 무자비한 일들이 너무나 생생했기 때문이다.

최강철이 북한에 대한 이야기를 마쳤을 때에도 대통령의 얼굴은 여전히 무거웠다.

어찌 그렇지 않을까.

대한민국을 책임지고 있는 입장에서 북한과의 관계 진전은 그에게 엄청난 압박감을 주기에 충분했다.

전혀 예상 밖의 말이 최강철의 입에서 나온 것은 한숨을 길게 내쉰 대통령이 메마른 입술을 적실 때였다.

"대통령님, 저는 이제 장관직을 사임하고자 합니다."

"그게 무슨 소리요? 사임이라니요?"

"제가 당분간 해야 할 일이 있습니다."

"말도 안 됩니다. 지금 북한과의 관계는 최 장관님이 다 진행해 왔는데, 그게 무슨 청천벽력 같은 말씀입니까. 안 됩니다. 이런 중요한 시기에 사임이라니요?"

"이미 보고드렸듯이 큰 문제는 다 해결했습니다. 나머지는 실무협상에 관한 것뿐이고 경제자치구에 관한 것은 피닉스그룹이 나서도록 다 조치를 해놓겠습니다."

"도대체… 그게 뭐요? 해야 할 일이 뭐기에 장관직을 사임한단 말입니까?"

*   *   *

최강철의 대답을 들은 대통령은 두 눈을 껌뻑이며 아무 말도 하지 못했다.

기가 막혀 말조차 나오지 않았기 때문이다.

"장관님, 정말 그걸 한단 말입니까? 왜요?"

"제 가슴속에 들어 있는 용기가 그렇게 하라고 시키기 때문입니다. 더불어 저는 대한민국 국민들에게 다시 한번 커다란 축제를 만들어주고 싶습니다."

"난 아무리 생각해도 이해할 수 없습니다. 장관님의 나이를 생각해 보세요. 어떻게 그런 일을……."

"끝나면 다시 돌아오겠습니다. 저 역시 제가 벌여놓은 일을 무책임하게 남겨두고 편히 살 생각은 없으니까요."

"허어, 허어, 이것 참……."

아무리 생각해도 이해할 수 없었다.

최강철의 지위로 본다면 도저히 상상조차 할 수 없는 일이었기 때문이다.

더군다나 속으로 덜컥 겁이 나기도 했다.

북한과의 관계를 생각한다면 최강철이 자리를 비운다는 건 절대 있을 수 없는 일이다 .

그때 더 말릴 새도 없이 최강철의 입이 불쑥 열렸다.

"대통령님, 부탁드릴 일이 있습니다."

"말씀하세요."

"제가 자리를 비우려고 마음먹기 전에 몇 가지 생각해 놓은 게 있습니다. 그걸 추진해 주시면 고맙겠습니다."

"아직 나는 생각이 정리되지 않았습니다."

"저 역시 이 결정을 하기까지 많은 고민의 시간을 가졌습니다. 하지만 결국은 반드시 해야 되겠다는 생각이 들더군요. 제 남은 삶에서 후회를 남기고 싶지 않습니다. 그러니 이해해

주십시오."

"아뇨. 나는 이해할 수 없습니다. 절대로."

"끝나면 다시 돌아오겠습니다. 그러니 허락해 주십시오."

"음, 장관님과 오랜 시간을 같이했지만, 범인으로서는 절대 이해할 수 없는 분입니다. 어떻게 그런 결정을……. 나에게 생각할 시간을 주세요."

"그러겠습니다. 하지만 이왕 입을 열었으니 제가 부탁드릴 말씀부터 먼저 하겠습니다."

"말씀해 보세요. 장관직을 그만두겠다면서 참 염치도 없으십니다."

대통령이 헛기침을 하면서 불편함을 숨기지 않았다.

하지만 최강철은 빙그레 웃으며 자신의 이야기를 이어나갔다.

"먼저 군을 개혁해 주십시오."

"군을 개혁하라니요?"

"현대전에서 육군의 필요성은 점점 축소되고 있습니다. 그럼에도 우리는 북한과의 대치 상황 때문에 무려 60만이란 병력을 유지해 왔습니다. 하지만 그건 외형적인 이유에 불과합니다. 60만이란 병력을 유지할 수밖에 없던 가장 큰 이유는 결국 기득권층의 욕심에서 발생한 것입니다. 병력이 줄어들면 자리보전을 할 수 없다는 것 때문에 군부에서 결사적으로 반

대한 것이죠. 현대전은 미사일 한 방으로 사단 병력을 괴멸시
킬 수 있습니다. 더군다나 우리나라는 비룡에서 만들어낸 미
사일과 최첨단 무기들이 속속들이 전진 배치되고 있는 실정입
니다. 따라서 막대한 예산이 들어가는 병력의 유지는 의미가
없습니다. 대통령님, 그 예산을 줄여서 첨단무기의 개발과 공
군, 해군의 전력 증강에 사용해야 합니다."

"얼마나 줄이란 말입니까?"

"제가 개략적으로 계산해 본 결과 병력은 20만 정도면 충분
합니다."

"그럼 40만이나 줄이란 말입니까?"

"20만도 많습니다. 향후 지속해서 첨단무기들이 전진 배치
되고 남북한 평화 무드가 계속된다면 더 줄일 수 있습니다.
저는 이번 방북에서 김정일 위원장에게 이런 이야기도 했습니
다. 저희가 먼저 병력을 줄일 테니 북쪽도 병력을 줄여달라고
말입니다. 줄인 병력은 저희가 만든 경제자치구에서 전부 일
할 수 있도록 조치하겠다고 약속했습니다."

"그렇게 한답디까?"

"남쪽이 먼저 한다면 그렇게 하겠다고 했습니다. 그쪽도 병
력 유지 때문에 골머리를 앓고 있으니까요."

"허어……."

이건 뭐 갈수록 태산이다.

장관직을 그만두겠다는 말이 머릿속에서 빙빙 돌고 있었는데, 최강철의 말을 듣게 되자 까맣게 잊어버릴 정도로 놀라고 말았다.

　군 개혁, 그리고 북한의 병력 감축.

　만약 이것이 현실화된다면 전 세계가 놀라 자빠질 일이 될 것이다.

　그럼에도 쉽게 고개를 끄덕일 수 없는 건 산적한 일이 태산처럼 많았기 때문이다.

　"군부의 반대가 심할 겁니다."

　"당연히 반대할 겁니다. 밥그릇을 뺏긴다고 생각할 테니까요. 그동안 이전 정권에서 병력 수를 조절하지 못한 것은 두려움 때문이었습니다. 하지만 군부가 예전처럼 쿠데타를 일으키는 미친 짓은 하지 못할 겁니다. 만약 그런 짓을 한다면 그들은 스스로 죽음을 자초하게 될 겁니다. 지금의 대한민국 국민들은 군부가 함부로 할 수 없을 정도로 강해져 있으니까요."

　"장관님은 저에게 무거운 짐을 안겨주시는군요. 혹시 내가 대통령에 있을 때 힘든 일을 다 시킬 생각입니까?"

　"어떻게 아셨습니까. 제 시꺼먼 마음을 읽으신 모양이군요. 역시 대통령님은 눈치가 빠르십니다."

　"허허, 이런, 쯧쯧……."

능글맞게 웃는 최강철을 향해 대통령은 어이없다는 웃음을 지었다.

그동안 군부는 대한민국을 장악해서 자기들 마음대로 유린한 전력이 있다.

오죽하면 대장은 장관급이고 중장은 차관급이란 말까지 나돌았겠는가.

그렇기에 군 개혁 작업은 엄청난 반대에 부딪힐 수밖에 없었고, 그만큼 위험 부담성이 큰 사안이었다.

안보 문제는 전쟁을 겪은 세대에게 더없이 민감한 사안으로, 자칫 잘못하면 국론 분열로까지 이어질 수 있었다.

하지만 대통령은 결연한 표정으로 의지를 다졌다.

그 역시 언젠가는 반드시 해내야 할 개혁이란 걸 인식하고 있었기 때문이다.

"군부 개혁은 저도 생각하고 있던 일입니다. 다만 그 시기를 저울질하고 있었을 뿐이지요. 좋습니다. 그건 내가 추진해 나가겠습니다. 다음은 또 어떤 게 있습니까? 이제 장관님 말을 듣는 게 겁이 나는군요."

"두 번째는 세계인을 한국으로 끌어모으는 겁니다."

"그건 또 무슨 말입니까?"

"우리나라는 비참한 역사로 인해 제대로 남아 있는 유적이 없을 정도입니다. 그나마 있는 것도 제대로 관리가 되지 않아

엉망이죠. 관광은 쉽게 말해서 손도 안 대고 코를 푸는 무지막지한 장사라고 생각합니다. 지금부터라도 관광 대국으로 성장할 수 있도록 체계를 정비해야 합니다. 전국의 관광지 주변을 완벽하게 정비해서 세상에서 가장 아름다운 곳으로 만들면 저절로 세계 곳곳에서 관광객이 몰려들 겁니다. 더불어 세계에서 가장 클린한 도시를 만들어야 합니다. 우리나라는 군사독재 시절 무분별하게 전봇대를 만들어 도시 전체를 거미줄로 만들어놨습니다. 이것을 지중화하면 도시의 미관이 대폭 개선될 것입니다. 또한 한강변에 산재되어 있는 아파트와 건물들을 정비해서 한강을 관광 명소로 재탄생시키는 작업도 병행해야 됩니다. 아름답고 특별한 건축물로 한강변을 채우고 화려한 조명 시설을 갖추게 되면 세계인들이 꼭 오고 싶어 하는 한강 관광특구를 만들어낼 수 있습니다."

"어마어마한 예산이 들겠군요."

"그렇습니다. 상당한 예산이 소요될 겁니다. 하지만 최대한 빨리 시행할 필요성이 있습니다. 관광지의 정비와 전선의 지중화 사업은 국가 예산이 투입되어야 하지만, 한강변 정비 계획은 민자를 유치하면 될 것입니다. 필요하다면 저희 피닉스 그룹이 나서겠습니다. 정부에서 인허가를 비롯해서 조금만 도움을 준다면 나설 그룹은 부지기수일 겁니다."

"알았습니다. 그것도 검토해서 바로 시행할 수 있도록 준비하죠. 휴우, 하나같이 어마어마한 일들이라 걱정이 태산이네요. 혹시 이것보다 더한 것도 있습니까?"

"그리고 이왕 총대를 메신 김에 한 가지 더 해주십시오."

"하는 김에 다 해보세요. 이왕 시작한 거, 갈 데까지 가봅시다."

"이게 가장 중요하고 힘든 일입니다. 반드시 해야 할 일이기도 하고요."

"그렇게 말씀하시니 진짜 겁이 나는군요."

"우리나라는 서울과 수도권에 전 국민의 절반이 몰려 있습니다. 기형적인 구조가 된 것이죠. 이것을 해결해야 대한민국은 균형적으로 발전할 수 있습니다."

"음⋯⋯."

기어코 최강철의 입에서 수도권 분산정책이 나오자 대통령은 무거운 신음을 흘려냈다.

다른 건 몰라도 이것만은 건드리고 싶지 않았기 때문이다.

서울과 수도권에 인구의 절반이 산다는 것은 분산정책이 펼쳐졌을 때 그만큼의 국민들에게 원성을 산다는 뜻이다.

재산의 손실이 발생하고 뜻하지 않은 주말부부, 인재의 수급 불균형 등을 비롯해서 수많은 문제가 터지기 때문이다.

"대통령님, 힘들지만 반드시 해내야 할 일입니다. 분산정책이 제대로 시행되지 않으면 대한민국의 발전은 제한적일 수밖에 없습니다."

"구상하고 있는 방안이 있습니까?"

"개략적으로 구상한 것은 있습니다."

"말씀해 보세요."

"서울에 있는 모든 대학을 전국으로 분산 배치 하는 겁니다. 서울과 수도권에는 절대 대학이 들어오지 못하게 만드는 것이죠. 공기업도 마찬가집니다. 수도권에 집중되어 있는 공기업을 전부 지방 도시로 이전하는 작업을 해야 합니다. 주요 그룹의 본사와 계열사도 차례대로 내려보내는, 정치와 경제의 분리정책을 펼쳐야 합니다. 물론 반대가 극심하겠지만, 이것은 반드시 해내야 할 일입니다. 대통령님께서 칼을 빼주십시오. 그러면 나머지는 제가 마무리 짓겠습니다."

"그 말은… 드디어 마음을 굳혔다는 뜻입니까?"

"그렇습니다. 대한민국이 절 필요로 한다면 저는 어떤 일도 할 의향이 있습니다."

"그렇다면 내가 판을 벌여놓겠습니다. 일을 벌이는 게 뭐가 그리 어렵겠습니까. 수습해야 할 사람이 피곤한 것이죠. 그런 면에서 봤을 때 나는 참 행운압니다. 국민한테 선심이란 선심은 다 쓰고 장관님한테 모든 걸 떠넘기면 되니까요. 어쨌든 결심을 굳혔다니 고맙습니다. 기대되는군요. 장관님이 이끌어 나갈 대한민국의 미래가 말입니다."

대통령이 활짝 웃었다.

그동안 한 번도 대선에 출마하겠다는 말을 입 밖으로 꺼내지 않았기 때문에 애를 태우던 최강철이 드디어 처음으로 결심을 굳혔기 때문이다.

이젠 되었다.

자신은 지금 한 말처럼 칼을 빼 들고 휘두르기만 하면 된다.

나머지는 무궁무진한 능력을 지닌 최강철이 하나씩 정리해줄 테니 이젠 어떤 것도 두렵지 않았다.

방금 한 최강철의 약속에 그동안 이야기를 들으며 무거워진 마음이 한꺼번에 풀리는 느낌을 받았다.

어떤 어려움도 최강철이 나서면 해결될 것이다.

그는 그만한 힘과 능력이 있는 사람이니 자신은 그의 뜻대로 마음껏 칼춤을 출 자신이 생겼다.

*   *   *

서지영은 한국으로 돌아온 후 처음엔 어려움을 겪었지만 시간이 지나면서 행복감에 젖어갔다.

아이를 키운다는 건 힘들고 괴로운 일이었지만 더없이 즐거운 일이기도 했다.

최정후는 무럭무럭 자라며 언제나 그녀의 얼굴에 웃음을

만들어주었다.

비록 남편은 정신없이 바쁘게 살고 있었으나 시간이 날 때마다 그녀를 위해 봉사를 아끼지 않았다.

사랑스러운 남자 둘과의 일상.

낮에는 아이와, 밤에는 남편과 살아가는 시간이 더없이 소중하고 아름다웠다.

한국으로 돌아온 후 한동안 마이다스 CKC의 업무에 관여했지만, 완전히 손을 뗀 게 벌써 5년이 넘었다.

어차피 마이다스 CKC는 그녀의 손을 떠난 공룡이었다.

시스템으로 인해 움직이는 공룡을 굳이 손에서 떠나보내지 못하고 고민할 이유가 없었다.

최정후는 벌써 초등학교 3학년이었기에 아이가 학교를 가고 여유로워지는 시간은 그간 하지 못한 취미를 즐겼다.

피아노를 다시 시작했고, 요리학원도 다녔으며, 사랑스러운 아내로 남기 위해 요가도 하면서 열심히 몸매도 가꾸었다.

최정후가 초등학교에 입학했을 때 서지영은 최강철의 정체를 숨겼다.

아이가 특별한 대우를 받으며 사는 것을 원하지 않았기 때문이다.

그녀의 얼굴을 아는 사람이 드물었기에 가능했다.

최강철이 챔피언으로 군림할 때 몇 번 화면에 잡힌 적은 있었지만, 아직 그녀의 얼굴을 기억하고 있는 사람은 거의 없었다.

강남초등학교.

서초동에서 가장 유명한 초등학교로 유명 인사들의 자제들이 많이 다닌다고 알려진 곳이다.

국회의원은 물론이고 재벌가와 고위공무원의 자식이 많이 다녔기에 치맛바람이 거센 곳이기도 했다.

오늘 그녀는 학부모회의 호출을 받고 어쩔 수 없이 모임에 나갔다.

두 번이나 불참했더니 학급 반장 엄마가 전화를 해 신경질을 내면서 아이가 어떻게 되든 상관없냐며 협박을 해온 것이다.

모임 장소는 서초동에 있는 카페였는데, 커피와 더불어 가볍게 음식을 먹을 수 있는 곳이었다.

편한 차림으로 나갔다.

학부모 회의는 학교 운영과 관련해 학부모들이 만나 의논하는 자리였으니 꾸미고 나가는 자리가 아니라고 생각했다.

하지만 카페에 나온 엄마들의 차림새는 런웨이에 나서는 모델들을 연상시킬 만큼 화려했다.

잘사는 동네답게 엄마들의 몸매는 늘씬했고 옷도 명품으로 도배되었는데 누가 더 잘사는지 경쟁이라도 하듯 온갖 보석이 난무하고 있었다.

회의는 별것 없었다.

봄 소풍에 관한 것과 반에서 소요되는 비품에 관한 경비, 곧 다가올 스승의 날에 선생님한테 줄 선물과 식사 대접에 관한 것이었다.

서지영은 엄마들이 하는 말을 들으며 조용히 앉아 있었다.

굳이 나서서 의견을 개진할 내용이 별로 없었기 때문에 엄마들이 나누는 이야기에 귀 기울이고 있었다.

자연스럽게 왕따가 되어갔다.

처음으로 나왔기 때문에 엄마들의 얼굴도 생소했지만, 수수하게 차려입은 그녀의 모습에서 차별의 시선이 무참하게 날아왔다.

반장 엄마에게서 어이없는 말이 나온 것은 경비 각출에 관한 이야기가 모두 끝났을 때다.

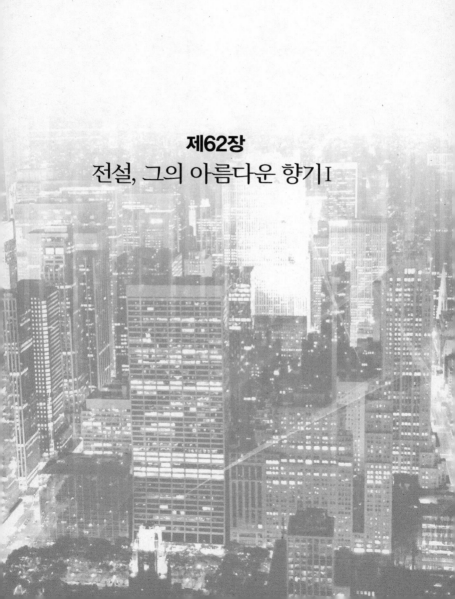

제62장
전설, 그의 아름다운 향기 I

"정후 파일을 보니까 아빠가 공무원으로 되어 있던데, 어디서 근무하세요?"

전혀 생각하지 못한 질문이다.

반장 엄마를 비롯해서 학급 위원회에 소속된 엄마들이 전부 서지영을 바라봤다.

개학한 후 그녀들은 서로 여러 번 교류했지만, 서지영은 처음이었기 때문에 가지고 있는 정보가 전무한 실정이었다.

그랬기 때문인지 그녀들은 공식적인 논의 사안이 끝나자 서지영에 대한 청문회로 들어갔다.

"통일부에 근무하세요."

"통일부요?"

그녀의 대답에 모여 있던 엄마들의 눈이 휘둥그레 변했다.

통일부는 요즘 들어 가장 언론에 많이 나오고 있는 정부 부서였기 때문이다.

그때 가운데에 앉아 있던 여자가 불쑥 나서며 급히 입을 열었다.

"통일부 어디요? 우리 남편도 거기에 근무하는데, 그게 정말이에요?"

약간의 의심이 담긴 질문이다.

현재 통일부는 가장 잘나가는 인재들이 모인 곳으로 유명했고, 행정고시에 합격한 인재들이 가장 가고 싶어 하는 부서이기도 했다.

그런 의심의 발단은 서지영의 수수한 차림 때문이었다.

청바지에 면 티를 입고 나온 그녀의 모습에서 엄마들은 자신들과 동등한 지위를 용납하고 싶지 않았다.

"우리 남편은 대북 협상 팀의 팀장이에요. 정후 아빠는 어디에서 근무하세요?"

"저는… 잘 몰라요."

"남편이 어디서 근무하는지 모른다는 게 말이 돼요? 정말 통일부에 근무하는 것 맞아요?"

"정후 아빠가 회사 일은 잘 말해주지 않아서요."

곤란했다.

그렇다고 이들에게 최강철의 정체를 노출시키고 싶지는 않
았다.

여자들은 서지영이 말꼬리를 흐리자 약점을 잡은 것처럼 곤
란한 질문을 계속 던져왔다.

사는 곳과 집안 형편에 관한 것이 대부분이었는데, 소개를
핑계로 그녀들은 돌아가며 자신들이 얼마나 대단한 여자들인
지 자랑하고 있었다.

자리에서 일어서고 싶었다.

이곳에 있어봤자 강남 부유층 엄마들의 갑질이 점점 역겨
워질 뿐이다.

"정후 엄마는 대학교 어디 나왔어요?"

남편과 자신에 대한 가정사에 이어 이제 질문이 그녀 쪽으
로 돌아왔다.

슬그머니 짜증이 일어났다.

그랬기에 서지영은 서울 명문대를 나왔다는 반장 엄마를
향해 시선을 똑바로 던졌다.

"나는 펜실베이니아대 나왔어요. 경영학을 전공했고요."

"그게… 정말이에요?"

서지영의 대답에 반장 엄마를 비롯해서 나머지 여자들이

놀란 눈을 숨기지 못했다.

사실 그녀들이 서지영을 더욱 깔보고 싶었던 것은 수수한
차림과 전혀 어울리지 않는 아름다운 외모와 몸매를 지니고
있었기 때문이다.

여자들의 특성이다.

대부분의 여자는 외모와 몸매가 안 되면 다른 것으로라도
찍어 누르고 싶어 하는 질투심이 폭발한다.

"그래요. 펜실베이니아대를 졸업하고 세계 최고의 투자회사
에서 오랫동안 근무했어요. 비록 남편을 잘못 만나 지금은 한
국에서 평범한 주부가 되었지만, 예전에는 저도 잘나갔던 사
람이에요."

한번 입을 열자 그녀들을 놀려주고 싶었다.

그랬기에 서지영은 얼굴을 뻔뻔하게 만들고 그녀들을 향해
사실을 숨기지 않았다.

"한 해 연봉은 최고 삼백만 달러까지 받았어요. 제가 꽤 유
능했거든요."

"이제 보니 정후 엄마는 농담도 잘하네요. 설마… 그렇게
말하면 우리가 믿을 거라고 생각한 건 아니죠?"

"펜실베이니아대 출신에 연봉이 삼백만 달러라니… 무슨
드라마에 나오는 여주인공도 아니고. 호호, 정후 엄마는 개그
우먼이 됐으면 딱이겠네요. 아니면 혹시 드라마작가가 꿈이었

어요?"

엄마들이 그녀의 대답에 마음껏 비웃음을 날리기 시작했다.

없는 것에 대해 자존심이 상해서 그녀가 거짓말을 한다고 생각했기 때문이다.

그럴 수도 있다.

연봉을 삼백만 달러나 받던 여자가 한국에서 평범한 아줌마가 되었다는 게 말이 된단 말인가. 더군다나 그런 여자가 청바지에 면 티를 입고 학부모회에 나온다는 건 절대 믿을 수 없는 일이었다.

그때 서지영의 핸드폰이 울리기 시작했다.

"아, 저예요. 어쩐 일이에요, 이 시간에? 뭐라고요? 회사를 그만뒀다고요? 왜요? 그러는 게 어디 있어요, 한마디 상의도 없이?"

슬쩍 엄마들을 바라본 서지영의 목소리가 올라갔다.

"그럼 우린 뭘 먹고 살아요. 무슨 사람이 그렇게 책임감이 없어요? 놀아주긴 뭘 놀아줘요? 회사까지 그만둔 사람이. 여기를 온다고요? 내가 이곳에 있는 건 또 어떻게 알았어요?"

급히 엄마들을 다시 한번 바라보았다.

그러고는 서지영의 목소리가 급해졌다.

"들어오지 마요. 내가 나갈 테니까. 글쎄, 들어오지 말라니까요. 어머!"

늦었다.

그녀가 말리기 위해 노력했지만, 이미 최강철은 카페 문을
열고 들어오는 중이었다.

＊　　　＊　　　＊

"당신, 미쳤어요?"

"왜?"

"그렇게 사람들 많은 곳에 무조건 들어오면 어떡해요? 당신
때문에 내가 얼마나 곤욕을 치렀는지 알아요?"

"미안해."

최강철이 입맛을 다시며 어색한 웃음을 지었다.

그가 나타나는 순간 카페가 순식간에 전쟁터로 변했다.

아르바이트를 하고 있던 대학생들은 물론이고 창가에 앉아
있던 손님들이 먼저 그를 알아본 후 벌 떼처럼 일어섰는데 예
전 복싱을 할 때와 전혀 다르지 않은 반응이었다.

그 반응은 그녀와 같이 있던 엄마들도 마찬가지였다.

젊은 시절 대한민국 모든 여자가 꿈꾸던 결혼 상대자 1위
를 독점하던 최강철의 등장에 엄마들은 정신을 차리지 못하
고 사람들이 몰려 있는 곳으로 달려 나갔다.

그리고 최강철이 천천히 다가와 서지영의 손을 잡았을 땐

몇몇 엄마가 너무 놀라 바닥에 쓰러지는 일까지 생겼다.

그중에는 서지영을 향해 가장 많이 비웃음을 짓던 반장 엄마도 포함되어 있었다.

"이제 어떡해요. 거기에 있던 사람들, 학부모회 엄마들이었다고요. 정후한테 아빠에 대해서 절대 말하지 말라고 시켰는데 이젠 큰일 났어요."

"괜찮아. 그렇다고 해서 언제까지 숨길 수 있는 건 아니었잖아. 정후도 이젠 상황에 적응하면서 살아야 해."

"그래도… 아직은……."

"우리 어디 가서 맛있는 거 먹을까? 나 때문에 점심 못 먹었지?"

"그것보다 먼저 따져야 할 일이 있어요. 회사는 왜 그만둔 거예요, 상의도 없이?"

"할 일이 있어서……."

"그게 뭔데요?"

"응, 그게… 지영 씨, 일단 맛있는 거부터 먹자. 내가 잘 아는 파스타 가게가 있어. 거기 가서 내가 지영 씨 좋아하는 까르보나라 사줄게."

"이 남자 봐, 뭔가 찔리는 게 있는 모양이네. 좋아요, 일단 접수. 먹고 나서 말합시다. 패는 것도 힘이 있어야 팰 수 있으니까 그렇게 하죠."

예감이 이상했지만 오랜만에 최강철과 데이트를 한다는 기대감 때문인지 서지영의 얼굴에 웃음이 떠올랐다.

그러나 그 웃음은 오래가지 않았다.

분위기 좋은 이탈리안 레스토랑에 들어가 맛있게 밥을 먹었지만, 곧 이탈리안 레스토랑은 서지영이 터뜨린 고함에 비상이 걸리고 말았다.

서지영은 절대 이해하지 않았고 화를 참지도 않았다.

"나이 들더니 판단력이 흐려졌어요. 그게 무슨 주책이냐고요. 일국의 장관까지 한 사람이 왜 그래요? 좋아요, 그건 문제도 아니지. 지금 당신 나이가 몇인지나 알고 그런 결정을 한 거예요? 마흔세 살이라고요, 마흔세 살! 말해봐요! 누가 꼬신거예요?"

"꼬시긴 누가 꼬셔?"

"윤 관장님이죠? 아니, 성일 씨인가? 하여간 누가 되었든 걸리면 가만 안 둘 거야! 절대로!"

"그러지 마. 내가 결정한 거야."

"다치면요? 그러다 다치면 어쩌려고 그래요? 당신 정말… 나한테 왜 이래요?"

*   *   *

최강철의 갑작스러운 통일부 장관 사임 소식에 국민과 정치인들은 의문을 숨기지 못했다.

지금 이 상황에서 그가 장관직을 사퇴할 이유가 전혀 없었기 때문이다.

수많은 가설이 난무하기 시작했다.

대통령과 최강철의 불화설부터 북한 김정일 위원장과의 관계 악화설, 최강철의 건강 이상설까지 온갖 루머가 생산되며 대한민국을 혼란 속으로 몰아넣었다.

하지만 대통령은 어떤 입장 표명도 하지 않았고, 최강철도 굳게 입을 다문 채 언론과의 접촉을 피했다.

언론과 국민은 그냥 있지 않았다.

어떤 이유로 최강철이 장관직을 그만두었는지 정확하게 밝히지 않으면 절대 그냥 넘어가지 않겠다며 대통령과 정부를 압박했다.

인터넷은 그로 인해 전쟁터를 방불케 했다.

최강철을 지지하는 수많은 사람들이 최강철이 누군가의 음모로 인해 장관직을 그만두었다며 집단으로 모이기 시작했는데, 그대로 둔다면 시위까지 일으킬 기세였다.

그 와중에 신임 장관이 선임되었고, 보름이란 시간이 금방 흘렀지만 여론은 점점 악화될 뿐이었다.

최강철이 직접 언론에 나와 사임한 이유에 대해서 인터뷰를 가진 것은 그런 이유 때문이었다.

"국민 여러분, 제가 사임한 이유는 제 일신상의 이유 때문이지 여러분이 생각하신 것처럼 어떤 정치적 음모가 있었기 때문이 아닙니다."

"일신상의 이유가 뭡니까? 그걸 밝혀주시지 않으면 음모론은 가라앉지 않을 겁니다."

"지금은 밝힐 수 없습니다. 일이 완전히 진행된 후에 다시 국민 여러분께 말씀드리겠습니다. 분명한 것은 제가 먼저 원했고, 저에게 도전해야 할 새로운 일이 생겼다는 것입니다. 그러니 국민 여러분, 조금만 기다려 주십시오."

*　　　　　*　　　　　*

최강철의 전화를 받은 돈 킹의 목소리는 놀람으로 인해 벌벌 떨렸는데, 몇 번이고 사실을 재확인할 정도로 흥분에 사로잡혔다.

"이보게, 허리케인. 자네 날 놀리려고 하는 소리는 아니지?"

"아닙니다. 그러니 최대한 빨리 메이웨더와 접촉해 주세요."

"이 사람아, 자네는 은퇴한 지 7년이나 지났어. 잘 생각해 봐. 자네 같은 사람이 돈 때문에 그럴 리는 없고. 도대체 왜 그러는 거야?"

"그놈이 저와 싸우고 싶어 하잖습니까? 그 친구 시합을 여러 번 봤습니다. 정말 좋은 선수더군요. 피가 끓을 정도로. 그래서 싸우려는 겁니다. 그 정도의 레벨을 가진 선수의 도전은 피하고 싶지 않거든요."

"그런 거 말고 진짜 이유를 말해. 답답하게 만들지 말고."

"하하하, 진짜 이유를 말하면 추진할 겁니까?"

"그래, 그러니까 빨리 말해."

"심심해서요. 인생이 심심해서 견딜 수가 없습니다. 내가 지금까지 살아올 수 있던 것은 복싱 때문이었어요. 유일한 나의 기쁨이었죠. 그래서 그걸 다시 느껴보고 싶은 겁니다. 더 늙기 전에."

"자네, 우울증 왔는가?"

"아직 그 정도는 아닙니다. 하지만 이렇게 계속 시간이 흐르면 올 수도 있겠다는 생각이 들어요. 그러니 더 이상 의심 갖지 마시고 추진해 주세요."

"알았네. 자네 뜻이 정 그렇다면 내가 추진하지. 하아, 자네로 인해 돈 버는 건 오래전에 끝났다고 생각했는데 갑자기 날벼락이 떨어지는군. 돈벼락 말이야."

"좋으시겠습니다. 그런 벼락은 언제 맞아도 좋은 거 아닙니까?"

"푸하하, 당연한 말일세. 그런데 허리케인, 자네 정말 괜찮겠나? 너무 오래 쉬었잖아. 메이웨더 그놈은 정말 미친놈이라고. 옛날 자네가 상대하던 놈들과 똑같이 생각하면 안 돼."

"알고 있습니다. 그러니 시합 날짜는 넉넉하게 잡아주십시오."

"얼마면 되겠나?"

"9개월 후면 좋겠군요."

"오케이, 그렇다면 경기 스케줄은 거기에 맞추는 걸로 하지."

*   *   *

세상은 누군가의 용기로 인해 역사가 변한다.

그리고 최강철은 그런 용기를 어느 날 갑자기 세상을 향해 터뜨렸다.

언론과의 인터뷰를 통해 그가 항간에 자자하던 메이웨더의 도발을 받아들이겠다는 뜻을 밝혔기 때문이다.

순식간에 전 세계가 들썩였다.

이미 은퇴한 지 7년이나 된 최강철의 복귀 소식은 충격을 넘어 기적에 가까운 것이었고, 더없이 설레는 소식이기도 했다.

복싱 팬들의 환호성이 지구촌을 들썩이게 만들었다.

41전 41승 41KO승에 빛나는 전설 허리케인 최강철.

그가 현재 무적을 구가하며 세계 최고의 테크니션이라는 메이웨더와 싸운다는 사실만으로도 복싱 팬들은 잠자리에 들지 못할 정도의 흥분을 느꼈다.

하지만 대한민국 국민들은 한동안 충격으로 인해 침묵 속에 빠져들었다.

누가 상상이나 했단 말인가.

장관직을 사임한다고 했을 때 국민들은 음모론을 들먹이며 시위까지 감행할 생각이었다. 그런데 사임한 이유가 메이웨더와의 시합 때문이라는 게 밝혀지자 한동안 충격으로 인해 아무 말도 하지 못했다.

그러나 침묵도 잠시, 국민들은 곧 벌 떼처럼 일어섰다.

누군가를 진정으로 사랑하고 위하는 사람들은 직접 행동으로 자신의 감정을 나타낸다는 것에 주저하지 않는다.

"말도 안 되는 시합! 지옥으로 걸어가는 그의 결단! 우리가 원하는 건 지옥이 아니라 통일이다!"

"당신은 그 시합을 하지 않아도 언제나 우리의 영웅이다! 왜 우리에게 시련을 주려 하는가!"

"메이웨더의 비겁함! 그 비겁함에 이끌려 간 우리의 영웅! 전설은 비겁한 도전을 그저 넉넉한 웃음으로 넘겨도 부끄럽지 않다! 허리케인 그대는 충분히 그럴 자격이 있으니 절대 그의 비겁함에 현혹되지 않길 바란다!"

전 국민이 날마다 최강철의 결단을 반대하고 나섰다.

언론이 앞장섰고 인터넷에서는 수를 셀 수 없을 정도로 많은 사람들이 시합 반대 서명을 하면서 최강철의 마음을 돌리기 위해 애를 썼다.

진정이었다.

국민들이 최강철의 결단을 반대한 것은 그가, 자신들의 영웅이 누군가에게 쓰러질 수도 있다는 두려움 때문이었다.

*   *   *

성호체육관 3층.

최강철은 시합이 있을 때마다 구슬땀을 흘리던 성호체육관 3층에 들어와 샌드백을 어루만졌다.

소중한 추억들이 새록새록 생각났다.

이곳에서 적을 물리치기 위해 투지를 불태우던 시간은 그의 인생에서 가장 행복하고 아름다운 시간이었다.

이미 연락을 받은 성호체육관의 새로운 관장은 최강철이 들어왔을 때 인사만 하고 아예 3층으로 올라오는 계단을 아무도 올라가지 못하도록 틀어막았다.

그는 윤성호의 후배로 7년 전부터 성호체육관을 물려받아 운영하고 있었는데, 최강철이 훈련 장소로 쓰겠다고 부탁하자 황공한 표정으로 3층 문을 개방했다.

혼자 이곳저곳을 둘러보고 있을 때 너무나 익숙한 상관이 나타났다.

이성일은 나타나자마자 소리부터 질렀는데 뭔가 상당히 억울한 표정이었다.

"야, 이 자식아! 너 미쳤어?"

"미치긴 뭐가 미쳐? 관장님 공항에서 오는 중이란다. 조금 있으면 곧 도착한다니까 먼저 짐이나 풀어."

"휴우, 난 너 같은 놈 처음 봤다. 지영 씨가 집으로 전화해서 울고불고 난리도 아니었어. 만나기만 하면 날 죽인단다. 어쩔 거야, 이 자식아?"

"왜, 너 잘하는 오리발 내밀지 그랬냐."

"했지. 난 전혀 상관없다고. 그럼 내가 순순히 인정할 것 같았어? 난 아무런 잘못도 없는데?"

"장하다. 그래서 누명은 벗었냐?"

"흐으……."

이성일이 우는 표정을 지었다.

하긴 쉽게 누명을 벗었을 리가 없다. 서지영은 의외로 집요한 구석이 있어서 용의자에 대한 의심을 쉽게 풀어줄 여자가 아니었다.

많이도 싸 왔다.

장난스럽게 우는 표정을 짓고 있었지만, 짐을 풀고 있는 이성일은 어디 소풍이라도 가는 놈처럼 신이 난 모습이었다.

얼마나 시간이 지났을까.

오랜만에 만난 이성일과 노닥거리며 시간을 보내고 있을 때 문이 열리며 윤성호가 들어왔다.

"어서 오세요."

"으, 강철아, 너 일단 한 대 맞자."

"어, 이거 왜 이러세요?"

다짜고짜 다가온 윤성호가 주먹을 번쩍 들어 때리는 시늉을 했다.

그렇다고 맞을 최강철이 아니다.

주먹이 올라오는 동시에 곧바로 양팔을 십자로 들어 올려 공격에 대비하는 그의 모습은 번개처럼 빨랐다.

역시 전설의 복싱 챔피언다운 동작과 스피드였다.

"이 자식아, 너 때문에 지금 나 이혼당하게 생겼어."

"왜요?"

"지영 씨가 전화해서 인혜 씨한테 막 퍼부은 모양이더라. 신랑 관리 똑바로 못 한다고."

"쩝."

"내가 한국에 간다니까 도장 찍고 가라더라."

"그래서 찍었습니까?"

"미쳤어? 이 나이에 이혼당하면 어쩌라고. 그냥 냅다 도망 쳐 왔지."

"인혜 누나가 가만있지 않을 텐데요?"

"흐으, 일단 도피에 성공했으니 그건 나중에 해결해야지. 어이, 전임 장관님. 이 억울한 사태에 대해서 해결해 줄 거지?"

"이거 왜 이러십니까. 해결해 주긴 뭘 해결해 줘요. 나를 슬슬 부추긴 건 관장님이잖아요. 그때가 너무 그립다면서 고독한 표정을 지은 게 누군데 그런 소리를 합니까?"

"허어, 얘 봐. 완전히 덤터기를 씌우네."

"성일아, 네가 말해봐. 우리 만났을 때 관장님이 메이웨더 얘길 꺼내며 뭐라고 그랬냐?"

"뭐라고 했더라? 음, '메이웨더 이 자식아, 진짜 챔피언 맛 좀 보고 싶어?', 요렇게 말한 것 같다."

"네가 생각했을 때 그 말이 그 말이지?"

"응."

"그러니까 네 마누라한테도 정확하게 말해줘. 이번 일을 기획하고 추진한 건 전부 우리 관장님이라고. 그래야 너도 살고 나도 산다."

"그렇지. 좋은 생각이야."

둘이 이야기를 주고받으며 살 궁리를 하는 동안 윤성호의 얼굴이 하얗게 변해갔다.

이것들이 하는 짓을 보니 잘못하면 정말 큰일 날 것 같았다.

"야, 이놈들아, 너희 정말 오늘 초상 치러볼래? 어디서 모함이야, 모함이!"

"그러지 말고 한 사람이 모두 총대를 멥시다. 지금 마누라들이 문제가 아니에요. 국민들이 전부 들고일어나서 시합을 반대하고 있기 때문에 우리 중 누구 하나는 총대를 메고 십자가를 져야 해요. 우린 그걸 관장님이 했으면 하는 거고."

"으……."

뻔뻔한 얼굴로 두 놈이 자신을 쳐다보자 윤성호가 들고 있던 짐을 바닥에 팽개쳤다.

그런 후 더 이상은 못 참겠다는 듯 둘을 향해 몸을 날렸다.

*   *   *

국민들은 메이웨더와 경기를 해선 안 된다며 한 달이 지나도록 반대해 왔는데, 결국 돈 킹에 의해 경기 날짜와 장소가 결정되자 광화문으로 몰려나오기 시작했다.

정말 어이없는 일이었다.

복싱 시합을 반대하기 위해 만여 명에 가까운 사람들이 시위에 참여했으니 경찰로서도 난감한 상황이었다.

전 세계의 언론이 광화문으로 몰려들었다.

그들은 광화문에 몰려든 시위를 실시간으로 타전하며 대한민국 국민들이 시합을 반대하는 이유에 대해서 상세하게 설명을 곁들였다.

"대한민국의 국민들은 복싱 영웅 최강철에 대한 사랑을 시위로 표현하고 있다. 그들은 오래전 은퇴한 허리케인이 무적의 챔피언 메이웨더와의 경기에서 패배할 것을 두려워하며 시합을 강행하는 것을 막기 위해 이 자리에 나왔다. 허리케인은 전설의 챔피언으로 이미 복싱사의 신기원을 열었으니 시간을 되돌릴 이유가 없다는 것이다. 여기저기 보이는 것처럼 대한민국 국민들은 눈물을 보이며 허리케인이 결정을 바꿔주기를 바라고 있다. 이런 사랑과 존경을 누가 받은 적이 있단 말인가. 진정으로 아름답고 굉장한 장면이다."

세계인들은 대한민국에서 벌어지는 광경으로 인해 연일 감탄을 금치 못했다.

도대체 대한민국 사람들의 사고방식을 이해할 수 없었다.

최강철이 경기를 벌일 때마다 수백만씩 거리에 나와 응원하던 장면이 아직도 생생한데, 이제는 시합을 반대하는 시위를 같은 자리에서 하고 있었다.

이런 민족은 처음 본다.

전쟁으로 잿더미가 된 지 불과 60년 만에 개인당 국민소득이 4만 달러에 육박했고, 세계경제 순위 5위에 올라서는 기적을 보여주었다.

그것도 외환위기란 국가적 부도 사태를 벗어난 지 불과 10년도 되지 않은 상황에서 만들어낸 결과였으니 세계의 경제전문가들은 대한민국을 보며 도저히 이해할 수 없다는 반응을 보였다.

그런 사람들이 특정 개인을 위해 시위를 벌이는 장면은 충격이 아닐 수 없었다.

최강철이 베일에 싸여 있던 마이다스 CKC 실제 소유주라는 사실이 밝혀졌을 때 세계인들은 전부 놀라 입을 다물지 못했다.

그동안 공석으로 있던 세계 갑부 1위의 자리가 세상에 공개되는 순간이었다.

포춘지는 5년 동안 세계 갑부 1위 자리를 신비의 인물 마이다스 CKC의 회장을 지목하며 물음표로 남겨놨는데, 정체가 밝혀지자 그 자리에 최강철이란 이름을 즉각 올려놓았다.

다른 사람도 아니고 전설의 챔피언 허리케인이 그 주인이었다는 사실이 드러나자 전 세계의 언론은 한동안 몸살을 앓았다.

최강철이 메이웨더의 도전을 받아들이겠다고 발표했을 때 복싱 팬들은 끓어오르는 흥분을 감추지 못하면서도 의문에 사로잡혔다.

세계에서 가장 돈이 많은 그가, 그리고 은퇴한 후 정치에 데뷔해서 장관까지 지내며 수많은 스포트라이트를 받아온 그가 오랜 공백을 깨고 다시 링에 선다는 것이 이해가 되지 않왔기 때문이다.

그럼에도 더 이상 관심을 두지 않았다.

세상은 수많은 기적과 믿어지지 않는 일들로 가득 차 있으니 최강철의 일도 그중 하나라고 생각했기 때문이다.

그런 와중에 전혀 예상하지 못한 대한민국 국민들의 반응이 전파를 타고 그들의 눈으로 들어왔다.

도대체 최강철이란 사람이 대한민국 국민들에게 어떤 존재이기에 저렇게 많은 사람이 광장으로 몰려든단 말인가.

그들의 상식으로는 도저히 이해가 되지 않는 일이었다.

        *   *   *

최강철이 직접 언론 앞에 모습을 드러낸 건 국민들의 반대 시위에 참여하는 인원이 점점 불어나 3만 명에 달했을 때다.

시합이 결정된 후 10일이 지난 일요일, 최강철은 언론사를 전부 부른 후 인터뷰를 가졌다.

기자들이 벌 떼처럼 몰려들었다.

기자회견 장소에 모인 사람들은 무려 300여 명이 넘었는데 국내 방송사는 물론이고 외국 유수의 방송사가 전부 자리를 차지하고 있었다.

최강철이 인터뷰를 자청했을 때 기자들은 최강철이 시합

포기 선언을 할 것이라 예상했다.

어떤 이유로 시합을 하려 했는지 알 수 없으나, 연일 시위로 맞서고 있는 국민들의 강력한 반대를 무릅쓰고 시합을 강행하기에는 정치인으로서, 그리고 전설의 복서로서도 너무나 부담이 크기 때문이다.

"호칭을 뭐라 해야 할지 곤란하군요. 편의상 장관님이라고 부르겠습니다. 장관님, 지금 국민들은 장관님의 재기전을 강하게 반대하고 있는 상황입니다. 그리고 저희 역시 장관님의 결정을 받아들이기 매우 힘듭니다. 저희는 지금의 이 자리가 시합을 포기하기 위해 만들어진 자리이기를 간절히 바라고 있습니다."

"무슨 말씀인지 알겠습니다. 하지만 저는 시합을 포기하기 위해 여러분을 모신 게 아닙니다."

최강철의 이야기에 기자들이 전부 놀라움을 감추지 못했다.

당연히 포기 선언을 할 것이라 예상했는데 전혀 다른 이야기가 흘러나오자 기자들 사이에서 소란스러움이 커졌다.

"그럼 무엇 때문입니까?"

"제가 메이웨더라는 걸출한 챔피언과 시합을 하려는 이유에 대해서 국민들께 제대로 설명해 드리지 못했기에 이 자리에 선 것입니다."

"음, 말씀해 주십시오."

"먼저 국민 여러분께 진심으로 고맙다는 말씀부터 드리는 게 맞을 것 같습니다. 국민 여러분께서 저의 시합을 반대하는 건 그만큼 저를 사랑하기 때문이란 걸 너무나 잘 알고 있습니다. 하지만 국민 여러분, 저 최강철은 복싱을 하면서 언제나 도전을 멈추지 않았습니다. 그것은 정치인으로서도 마찬가지였고, 앞으로 남은 삶도 마찬가지일 것입니다. 제가 다시 글러브를 끼려는 이유도 여기에 있습니다. 저는 과거의 영광에 연연해서 저의 영광이 깨지는 것을 두려워하지 않습니다. 저는 대한민국의 일원으로서 위대한 도전이 얼마나 가치 있는 것인지 국민 여러분께 보여 드리고 싶었습니다. 더불어 저 스스로 두려움을 극복하고 이겨내는 과정에서 행복을 느끼고자 합니다. 메이웨더란 선수는 저를 보고 허울 좋은 껍데기에 불과하다고 말했습니다. 그는 저의 실력을 의심하면서 절대 자신의 상대가 될 수 없다는 말을 버릇처럼 해왔습니다. 저는 그동안 그의 가벼운 입에서 흘러나오는 말을 들으며 오랜 기간 불면의 밤을 보내는 고통을 느꼈습니다. 그를 응징하지 않고는 살 수 없는 저의 자존심을 용서해 주십시오. 국민 여러분께서 저의 시합에 반대하는 이유를 알지만, 저는 그를 이기고 싶습니다. 그러니 반대보다 격려와 응원을 보내주십시오. 제가 그를 이길 수 있도록 성원을 보내주시면 감사하겠습니다.”

*   *   *

월요일 아침.

일찍 출근한 김영호는 커피를 빼 들고 휴게실에 자리를 잡았다.

오랜 시간 동안 가져온 패턴이다.

예상한 대로 류광일이 들어온 건 그가 커피를 들고 자리에 앉은 지 1분도 지나지 않아서였다.

"김 부장, 너도 봤지?"

"응."

들어오자마자 소리치는 류광일을 향해 김영호가 미소를 지었다.

그들은 이제 대일물산의 무역부 선임 부장이 되어 곧 이사로 진급할 짬밥이 되어 있었다.

그럼에도 둘은 만나면 어린애들처럼 말이 많아진다.

"인터넷에서 지금 난리가 아니야. 강철이 이놈 정말 대단해. 단 한 마디로 사람들의 혼을 빼놓았잖아."

"반대 의견이 많이 들어갔다며?"

"응, 인터넷을 보니까 싸워야 한다는 의견이 많아졌더라. 고통스럽게 살았다는데 무슨 말이 필요하겠어. 안 그래?"

"최강철 성격이라면 충분히 그럴 만해. 메이웨더 그 개새끼가 그동안 얼마나 강철이를 씹어댔냐. 나도 그 시벌 놈이 떠들 때마다 피가 끓었는데 강철이는 오죽했겠어."

"그런데 우리 이젠 그렇게 막 부르면 안 되는 거 아냐? 그래
도 장관까지 지낸 사람인데."

"난 그런 거 몰라. 강철이는 영원히 내 동생이야. 장관을 했
건 뭐를 했건 난 계속 이름을 부를 거다."

"야, 그러다 대통령 되면 어쩌려고 그래? 그때도 그렇게 부
를래?"

"응, 그럴 거야. 말했잖아, 그놈은 내 인생과 같이 살아온 놈
이야. 그런데 나더러 이름을 부르지 말라는 게 말이 돼?"

"하여간 그놈의 막무가내 성격, 참 대단하셔."

"그런데 김 부장, 넌 떨리지 않냐?"

"뭐가?"

"다시 강철이가 시합을 한다니까 난 너무 흥분돼서 요새 잠
도 오지 않아. 마치 내가 다시 젊었을 때로 돌아간 느낌이야."

"그래, 그렇지. 우린 그렇게 살아왔으니까. 그래서 강철이 인
터뷰를 보는데 눈물이 핑 돌더라. 내가 인생을 살면서 잡초처
럼 끈질기게 살아남은 것도 강철이 영향이 큰 것 같아. 그 친
구의 절대 포기하지 않는 불사조 정신을 보면서 나도 그렇게
살자고 계속 다짐했거든."

"크크크, 김 부장, 우리 강철이 시합 때 꽃다방 한번 가볼
까? 옛날 생각하면서."

"꽃다방 없어진 지가 언젠데 꽃다방 타령이야."

"꽃다방은 없어졌지만 우리 추억은 그대로 남아 있잖아. 그 자리에 맥주집이 생겼어. 우린 늙었으니까 이젠 광화문은 무리야. 거기 가서 맥주 마시며 편하게 보자고."

*　　　　　*　　　　　*

요즘 들어 대한민국에서 웬만한 뉴스는 아예 명함도 내밀지 못했다.

최강철의 재기전으로 인해 발칵 뒤집힌 대한민국은 대통령이 제2차 남북경협을 위해 실무협상을 추진한다는 발표와 함께 서울과 평양을 잇는 고속도로 건설, 신의주까지 연결시키는 철도망 착공 계획을 발표했다. 이 때문에 다시 한번 벌집을 쑤신 것처럼 난리가 났다.

현재 원활하게 진행되고 있는 경제 공동 구역에 이어 남과 북을 잇는 교통망이 구성되기 시작한다면 건설 경기가 활황을 맞게 되고, 자치구가 본격적으로 자리를 잡는 순간 북한에 매장되어 있는 자원을 산업 전 분야에 활용할 수 있게 된다.

그리 될 경우 통일에 대한 꿈은 점점 현실로 다가설 수 있었다.

남과 북의 국민들이 자유롭게 왕래하며 사고의 간극이 점점 가까워질수록 통일은 한 걸음씩 가깝게 다가올 것이기 때문이다.

동독과 서독이 그렇게 했다.

독일은 어느 날 불쑥 장벽이 무너지며 통일이 된 게 아니라 오랜 세월 자유로운 왕래를 통해 이념과 사상이 가까워졌기에 통일이 가능했다.

최강철에 대한 뉴스는 쏙 들어갔고 대신 2차 남북경협에 관한 뉴스가 언론의 상단을 차지했다.

하지만 2차 남북경협에 관한 뉴스도 정우석 대통령이 연이어 꺼내 든 국방 개혁안에 의해 순식간에 자취를 감춰 버렸다.

매머드급의 파괴력.

10년에 걸쳐 남북이 병력의 70%를 축소한다는 '남북 공동 군사력 감축안'이 국회의 승인을 받는 순간 세계 언론의 눈과 귀가 온통 서울에 쏠렸다.

연속되는 충격.

60년이 넘도록 적대해 온 남과 북이 경협의 시행과 더불어 점진적으로 병력을 축소해 나가는 데 합의하자 세계는 조만간 한반도가 통일이 될 것이란 예상을 연달아 내놓았다.

세계 언론에 대한민국은 보배와도 같은 존재였다.

대한민국은 요즘 거의 매일이다시피 특종을 만들어내고 있었기에 세계 언론은 눈만 뜨면 새로운 일이 생겨나는 대한민국을 주목할 수밖에 없었다.

*   *   *

팡, 파앙, 팡, 파앙, 팡팡팡!

최강철의 몸에서 강력한 펀치가 샌드백을 향해 쏟아져 나갔다.

그가 전성기 때 주 무기로 사용하던 콤비네이션 펀치가 차례대로 시전되었는데, 마치 번개가 치는 것 같은 착각을 느낄 정도였다.

"정말 대단하군. 불과 8개월이야. 8개월 만에 전설의 허리케인으로 다시 돌아왔어."

"겨우 샌드백 두들긴 것 가지고 너무 호들갑 떠는 거 아냐?"

"크크크, 그런 소리 나올 줄 알았어. 하지만 말이야, 마이클. 나는 알 수 있다네. 저 펀치가, 그리고 샌드백이 내는 소리가… 너무나 귀에 익숙해. 저 모습은 과거 허리케인이 무적을 구가할 때 낸 소리야."

"나는 인정할 수 없어. 저런 건 웬만한 선수는 다 하는 거잖아. 나는 허리케인이 링에서 스파링하는 모습을 보고 싶어. 도대체 왜 스파링하는 장면은 공개하지 않는 거야? 그걸 봐야 허리케인의 컨디션이 어느 정돈지 알 수 있을 거 아냐."

"자네 같으면 공개하겠나?"

"으……."

"허리케인은 옛날에도 훈련 장면을 공개하지 않는 것으로 유명했어. 그와 상대한 자들이 훈련 장면을 공개하며 자신감을 보인 것과 대조적인 행동이었지. 하지만 언제나 승자는 허리케인이었다. 무슨 뜻인지 알겠어?"

"그게 무슨 뜻인데?"

"허리케인은 자신을 노출시키지 않은 채 적을 때려잡는 전략을 마련했지. 상대가 언론에 대고 큰소리를 칠 때도 그는 언제나 적의 숨통을 서서히 조르고 있었던 거야."

"그 말은 누구보고 들으라는 소리 같구먼."

마이클이 쓴웃음을 지으며 토머스를 바라보았다.

그러자 토머스가 웃음을 띤 채 서서히 훈련을 중지하고 호흡을 고르는 최강철에게 손을 들어 보였다.

역시 토머스다.

오랜 관록, 그리고 인맥, 특히 허리케인과 그가 쌓아온 인연은 복싱계에서 유명했다.

"이봐, 마이클. 저 친구에게서 뭔가 이상한 게 보이지 않아?"

"이상한 거 뭐?"

"아니, 되었네. 이제 우리 돌아가 볼까?"

"자넨 참 고약하군. 말을 꺼내놓고 그냥 주워 담는 게 어디 있어? 말해봐. 자넨 저 친구한테서 뭐를 봤단 말인가?"

"마이다스 CKC가 허리케인 소유라는 말을 듣고 나는 뉴욕 본사에 간 적이 있어. 거기서 나는 허리케인의 다른 별명인 불사조란 새를 보게 되었지. 정말 기묘한 조형물이었어. 그리 크지는 않았지만 어떤 것도 부숴 버릴 것 같은 패기가 줄줄 흘러나왔는데, 이상하게 그때 이후로 허리케인을 볼 때마다 그 불사조가 겹쳐서 떠올라. 물론 착각일 거야. 불사조란 새가 워낙 강렬한 인상을 주었기 때문에 그렇게 느껴진 것이겠지."

"재밌는 말이군."

"자, 이만 가세. 디트로이트로 날아가려면 서둘러야 하잖아."

토머스가 몸을 돌리자 마이클이 그를 따라 문을 나섰다.

디트로이트에서 이틀 후 메이웨더의 인터뷰가 있기 때문에 부지런히 움직여야 한다. 이 경기 때문에 미국의 복싱 전문 기자들은 밤잠을 설쳐가며 취재를 하고 있었다.

물론 그들뿐만이 아니었다.

허리케인과 메이웨더.

두 선수의 대결은 금세기 최고의 빅 매치로 꼽히고 있었는데, 두 선수가 가지고 있는 전적과 전투력 등이 역대 선수들을 통틀어 지상 최강으로 평가되었기 때문이다.

*   *   *

플로이드 주니어 메이웨더.

96년 프로 데뷔를 한 지 10년 만에 오스카 델라 호야를 무너뜨리고 슈퍼웰터급 타이틀을 차지하면서 무려 5체급을 석권한 영웅이다.

5체급을 석권한 선수는 많았으나 전승으로 위업을 달성한 건 그가 유일했다.

41전 41승 28KO승.

그중 반 이상이 세계 타이틀전이었는데 방금 언급한 오스카 델라 호야를 비롯해서 알바레스, 바스케스 등 기라성 같은 선수들이 그의 펀치 아래 쓰러져 갔다.

압도적인 실력 차.

그는 도전자들을 맞이해 거의 타격을 허용하지 않을 만큼 완벽한 방어력을 선보이며 타이틀을 지켜왔다.

그의 레프트 숄더롤을 깨뜨린 도전자는 전무했으며, 크로스 암브로킹에 이어지는 카운터펀치는 역대 최고 수준이라 알려져 있었다.

수많은 복싱 전문가가 그를 현존하는 금세기 최고의 복서라 손꼽으며 이미 전설이 되어 있는 최강철과 동급으로 평가한 것은 바로 그런 이유가 있었기 때문이다.

그의 특징은 완벽한 방어막을 가동하며 회피기동을 통해

적의 체력을 저하시키고, 후반전에 야금야금 숨통을 조이며 처참하게 무너뜨린다는 것이다.

아웃복싱에도 능했고 인파이팅에도 발군의 실력을 지녔다.

가벼운 입놀림으로 상대를 경멸하는 행동을 수시로 보였으나 복싱 팬들이 그를 미워하지 못한 것은 그의 실력이 그만큼 대단했기 때문이다.

그는 상대에 대한 자신의 폭언과 망언을 현실로 만들어내며 복싱 팬에게 경이로움을 선사했다. 그래서 사람들은 그를 비난하다가도 경기가 끝난 후에는 박수를 아끼지 않았다.

사람들이 그를 사랑한 것은 그의 복싱이 예술로 승화될 만큼 아름답고 완벽했으며 놀라울 정도로 화려했기 때문이다.

*   *   *

메이웨더는 자신을 기다리고 있는 기자들을 바라보며 붉은 입술 사이로 이를 드러냈다.

오늘 그가 기자회견을 자청한 것은 훈련을 하는 동안 언론에서 떠드는 걸 지켜보며 열이 받았기 때문이다.

언론에서는 그와 최강철을 비교하며 언제나 전성기 시절이었다면 최강철이 이길 것이란 전망을 내놓고 있었다.

최강철이 지닌 무시무시한 콤비네이션 펀치와 전승 KO를 거둘 만큼 뛰어난 펀치력, 강력한 인파이팅 능력, 스피드 등을 전부 조합했을 때 충분히 메이웨더를 꺾을 수 있다는 게 전문가들의 평가였다.

물론 지금은 다르다.

최강철은 7년이란 긴 공백 기간을 가졌기 때문에 현재 복싱 전문가들은 그의 우세를 확실하게 점치고 있었다.

그럼에도 기분이 나빠 견딜 수 없었다.

복싱을 시작하며 최강철이 전설을 써 내려가는 과정을 고스란히 지켜봤지만, 5체급이란 위업을 달성한 후에는 허리케인 이란 존재를 머릿속에서 지워 버린 지 오래였다.

그가 대단하다는 건 알지만 만약 전성기 시절의 그와 붙는다 해도 지지 않을 자신이 있었다. 자신에게는 그 누구도 깨뜨릴 수 없는 방어력이 있기 때문이다.

허리케인의 강력한 공격력은 완벽한 아웃복싱과 방어력을 지닌 자신에게는 무용지물이나 다름없었다.

그가 인터뷰 장소에 나가자 100여 명의 기자가 미친 듯이 플래시를 터뜨렸다.

그 모습들을 보면서 메이웨더는 여유 있게 웃었다.

나는 이런 게 좋다.

나를 영웅시하며 찬사를 터뜨리는 인간들의 모습에서 환희를 느낀다.

"메이웨더 선수, 이제 시합이 보름밖에 남지 않았습니다. 컨디션은 어떻습니까?"

"좋습니다."

"훈련은 열심히 하셨습니까?"

"다 늙은 호랑이와 싸우면서 훈련을 하다니요? 물론 시합이 코앞에 있으니 기본적인 훈련은 했지만 나는 그동안 아름다운 미녀들과 바닷가에서 수영을 즐겼습니다."

메이웨더의 말에 기자들이 웃었다.

아니란 걸 너무나 잘 알고 있기 때문이다.

메이웨더는 최강철과의 시합이 잡힌 이후 디트로이트의 황무지에 캠프를 차리고 그 어느 때보다 열심히 훈련을 해왔다.

그럼에도 기자들이 웃으며 그의 말에 맞장구를 쳐준 건 그가 흘려낼 다음 말이 더욱 매력적이기 때문이다.

"허리케인 선수는 오래전부터 엄청난 훈련을 소화한 것으로 알려져 있습니다. 너무 자만하고 계신 것 아닌가요?"

"자만이라고요? 기자님, 나는 말입니다, 오히려 당신의 그 질문이 자만이란 생각이 드는군요. 허리케인은 아까 말한 것처럼 늙어빠진 종이호랑이에 불과합니다. 다 늙어서 허리를 펴기도 어려울 정도란 말입니다. 그런 사람이 훈련을 한다고 나처럼 되겠습니까? 나는 이 시합이 성사된 것 자체를 어이없게 생각하는 사람입니다."

"그건 무슨 말씀입니까?"

"나는 정치나 하고 있던 허리케인과 싸울 생각이 전혀 없었습니다. 내가 그를 이길 수 있다고 이야기한 건 전성기 시절의 허리케인을 말한 것입니다. 오늘 제가 인터뷰를 자청한 것은 이러한 사실을 언론에서 알고 있기를 바라기 때문입니다. 세기의 빅 매치라고요? 어디 가서 그런 소리 하지 마십시오. 정말 창피해서 얼굴을 들고 다닐 수 없으니까요."

"메이웨더 선수는 승리를 장담하시는군요?"

"그건 당연한 거 아닙니까? 미안하지만 허리케인은 6라운드가 지나는 순간 서 있기도 힘들 겁니다. 아시는 것처럼 저와 상대한 선수 대부분이 6라운드가 지나면 기진맥진한 상태로 변했습니다. 그러니 허리케인처럼 늙은 사람은 오죽하겠습니까? 그는 이 시합에 출전한 것을 죽는 순간까지 후회하게 될 겁니다."

"하지만 파이트머니는 허리케인 선수가 메이웨더 선수보다 훨씬 많은 1억 2천만 달러를 받습니다! 그만큼 복싱 팬들은 아직도 그의 실력을 높게 평가하고 있다는 겁니다! 허리케인 선수는 지난 8개월 동안 전성기의 기량을 되찾기 위해 지옥훈련을 해왔다고 알려져 있습니다! 메이웨더 선수도 조심하는 게 좋을 것 같군요!"

싸가지 없이 떠드는 메이웨더의 행동에 참지 못하고 토머스가 고함을 질렀다.

허리케인 최강철은 영웅이다.

그가 현역으로 활동하던 20년의 세월 동안 그는 무적이었고 적들에게는 공포와 두려움의 대상이었다. 그런 허리케인을 비하하다니 도저히 참을 수 없었다. 그랬기에 그는 고소한 표정을 짓고 있는 기자들의 얼굴을 확인한 후 연이어 소리를 질렀다.

"허리케인 선수는 메이웨더 선수의 뛰어난 방어력을 부술 수 있는 전략도 완성했다고 합니다! 만약 그 말이 사실이라면 링에서 쓰러지는 건 메이웨더 당신이 될 수도 있습니다! 이에 대해서 한 말씀 해주십시오!"

"푸하하! 나와 상대한 자들은 시합 전에 언제나 그런 말을 했습니다. 그러나 나의 얼굴을 건드린 자는 아무도 없었소. 두고 보면 알 겁니다. 허리케인 또한 수많은 자 중의 하나가 되어 캔버스를 엉금엉금 기어 다닐 테니 말이오."

                    *   *   *

눈을 감고 고개를 흔들며 걸었다.

이성일의 어깨를 짚은 채 걸었기 때문에 눈을 감았어도 아무런 불안감이 느껴지지 않았다.

멀리서 들려오는 광란의 함성.

이 복도를 걸어나갈 때마다 언제나 들려오던 관중의 고함은 심장박동수를 증가시키며 피가 들끓게 만드는 마력을 지녔다.

지난 9개월 동안 대통령은 자신과의 약속을 충실히 지키며 많은 일을 했는데, 지금은 지역균형발전 방안을 추진하며 코너에 몰린 상황이었다.

서울과 수도권에 살고 있는 사람들의 강력한 반대와 각종 이권에 연루되어 있는 수많은 국민이 대통령의 제안에 반대하며 정책의 철회를 주장했다.

역시 그 선봉에 서 있는 건 야당인 '민주연합'이었다.

그들은 제2차 경협안과 군사 감축안에 대해서는 적극적으로 정부를 도왔지만, 지방분권 정책에는 강력한 비판을 서슴지 않았다. 지금은 여론을 등에 업은 채 반대하고 있는 중이었다.

일종의 차별화전략.

국가의 거대한 정책에 대해서 무조건 반대하는 것이 아니라 역기능에 대한 날 선 비판을 가함으로써 국민들에게 야당으로서의 입지를 강화하기 위함이다.

미국에서 훈련하는 동안 대통령에게서 두 번이나 전화가 왔다. 아직 시기가 아닌 것 같으니 잠시 철회했다가 다음 정부 때 추진하는 것이 어떠냐는 의견이었다.

시합이 끝나는 대로 돌아가겠다고 대답했다.

끝나는 대로 돌아가서 국민의 반대 여론을 잠재우고 쾌도난마처럼 지방분권 정책을 추진해 나가겠다고 약속했다.

대통령이 곤란한 지경에 처했다는 걸 알지만, 이대로 물러
선다면 수도권 집중화 현상으로 인해 대한민국의 발전은 제한
적일 수밖에 없다.

굳게 닫힌 문이 열리며 광란의 열풍이 고스란히 얼굴로 다
가왔다.

"와아! 와아! 허리케인! 허리케인! 허리케인!"

자신을 부르는 소리.

전사의 영혼을 일깨우는 진군가처럼 관중들의 함성이 자신
을 부르고 있었다.

눈을 떴다.

그리고 걸음을 멈춘 채 거대한 빛 속에 들어 있는 링을 바
라보았다.

"링, 그동안 잘 있었나? 정말 보고 싶었다."

『기적의 환생』 14권에 계속…

초대형 24시 만화방

신간 100%, 샤워실, 흡연실, 수면실(침대석), 커플석, 세탁기 완비

■ 광명 광명사거리역점 ■

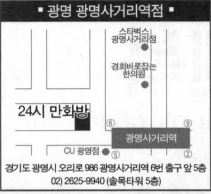

경기도 광명시 오리로 986 광명사거리역 6번 출구 앞 5층
02) 2625-9940 (솔목타워 5층)

■ 강북 노원역점 ■

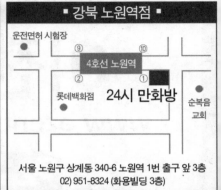

서울 노원구 상계동 340-6 노원역 1번 출구 앞 3층
02) 951-8324 (화용빌딩 3층)

■ 일산 정발산역점 ■

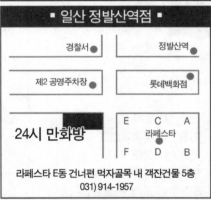

라페스타 E동 건너편 먹자골목 내 객잔건물 5층
031) 914-1957

■ 일산 화정역점 ■

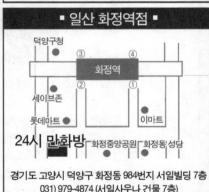

경기도 고양시 덕양구 화정동 984번지 서일빌딩 7층
031) 979-4874 (서일사우나 건물 7층)

■ 부천 역곡역점 ■

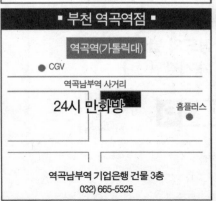

역곡남부역 기업은행 건물 3층
032) 665-5525

■ 부평역점 ■

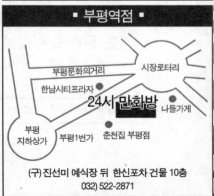

(구)진선미 예식장 뒤 한신포차 건물 10층
032) 522-2871